weissbooks.w

Pia Solèr
Die Weite fühlen
Aufzeichnungen einer Hirtin

weissbooks.w

Die Weite fühlen

Der Druck dieses Buchs wurde ermöglicht durch die
Unterstützung der Volkart Stiftung, Winterthur.

Tuts carstagnauns ein plein historias –
Alle Menschen sind voller Geschichten
Leo Tuor

Lebe deine Träume
Čestmír Lukeš

Achtzehn Sommer war ich auf der Alp. Das Hirtenleben hat mich gepackt. Die stille Freiheit. Den Elementen ausgesetzt, in die Berge gebettet mit Tieren und Natur. Das prägt. Ein *dolce vita* ist der Alpsommer nicht immer, aber immer Sonntag. Gut, ihr mögt glauben, ich sei altmodisch – bin ich auch. Macht nichts, ich fühle mich wohl dabei. In der Zivilisation zu sein, heisst für mich, in Cons zu sein, im Weiler nach Vrin, zuhinterst im Tal.

Oj, ich bin in der Zivilisation. Kaum mache ich die Türe auf, läutet das Telefon. Können wir einen Termin abmachen? Kaum aufgelegt: Noch einer! Eigentlich steht schon anderes an. Aber gut, machen wir das. Irgendwie geht alles.

Angenommen, ich schlösse mich dem Internet an, wäre ich für noch mehr Menschen erreichbar. Will ich das? Etwas in mir sträubt sich dagegen. Ich bin gerne in Kontakt mit Menschen, aber am liebsten mit Telepathie. Sobald die Person bereit ist, kommt der Gedanke an. In einem ungünstigen Moment kann ich sie so gar nicht ansprechen. Gut, es kann auch sein, dass nichts ankommt. Vielleicht wird die Botschaft mit dem Wind weggetragen.

Ein Bekannter meinte einmal: Normale Leute ziehen aus dem Tal hinaus, und du ziehst noch weiter hinein. So bin ich eben. (Ich liebe die Stille.) Aber auch auf der Alp ist es nicht immer still. Wenn es regnet, kann es schön laut werden. Bäche mit Bergerde rauschen ins Tal, je nach Mineraliengehalt färben sie sich schwarz oder rot. Wegen dem Krach, den der Regen auf dem Blechdach macht, kann ich in der Hütte nicht mehr Radio hören.

Den Alpsommer bestimmt das Wetter. Gutes saftiges Gras ist Gold wert. Es macht Tiere und Hirten glücklich.

Es heisst oft, Schafe seien blöd, weil sie hintereinander den Fels hinab springen. Machen wir das nicht auch? Hast du ein iPhone, will ich auch eines.

Schafe sind zuweilen auch schlau. Einmal zog ein Trupp gegenüber der Hütte ins Tal. Eigentlich war es dafür noch zu früh, aber die Weide der Nachbarsalp weiter unten war eben saftiger. Gut, runter, über den Bach. Migo ist mein ständiger Begleiter. Sobald ich pfeife, reagieren Hund und Schafe. Die Schafe laufen den steilen Hang hinauf. Der Streifen liegt zwischen zwei felsigen Tälern. Links können sie rüber auf unsere Weide, aber nur, wenn die Lawine vom Winter noch da ist. Ist sie schon weg, müssen die Schafe bis ganz oben laufen. An diesem Tag ist die Lawine zwar noch da, aber die Schafe ziehen es vor, bis oben zu gehen. Gut, ich gehe mit. Am nächsten Tag realisiere ich, warum sie nicht über den Schnee wollten: Die Lawine ist eingebrochen. So wäre es auch am Vortag gewesen, wenn die Schafe drüber gegangen wären. Sie haben es gefühlt. Im Nebel haben sie mich dann heimgeführt, ich hätte die Wege alleine nicht gefunden.

Treuia, mein Hund, versucht eine Fliege zu fangen, im November! Es ist angenehm warm.

Das Ticken der Uhr ist sehr laut.

Die Erde – kann es sein, dass sie leidet? Kann sie uns Menschen noch ertragen? Gedanken, die mich traurig und nachdenklich machen, oder machen sie mir sogar Angst? Destruktive Gefühle, warum sie nähren? Gedanken ändern! Mensch und Erde werden geheilt. Ach, schon leichter ums Herz. Nacht bricht ein, mit ihr die Müdigkeit. Ein heller Stern leuchtet zwischen Milliarden von Sternen. Der Liebesbote.

Kürzlich war ich in Zürich. Am Abend habe ich vor lauter künstlichem Licht den Himmel nicht gesehen. Stattdessen sprangen mir Reklameschilder ins Auge. Profit und Geldjagd verstopfen unsere Sinne. Und nicht nur in der Stadt. Schade, dass wir Menschen so tief gesunken sind, gefangen in der Materie und Bequemlichkeit.

Auf der Alp bin ich drei Monate weg vom ganzen Tamtam. Balsam für Seele und Körper. Ich lebe mit wenig im Überfluss. Die Milch fliesst aus den Eutern der Ziegen – ein Genuss. Salat wächst vor der Hütte, auch Kräuter, von Gott gepflanzt. Bei warmem Wetter gibt es eine Sonnendusche, und wenn es kalt ist, tauche ich meinen Waschlappen ins am Feuer gewärmte Wasser. Ein Eimer und die Quelle, die wie ein Wunder aus der Erde sprudelt, sind meine Waschmaschine. Oft bedauere ich, dass ich das reine Wasser mit Shampoo und Waschmittel beschmutze. Die Toilette ist unter freiem Himmel, bei gutem und schlechtem Wetter. Nie zugesperrt, immer frei, Papier spare ich, um die Natur nicht zu verunreinigen, grosse nasse Blätter tun es auch. Für mich ist das alles kein Problem, Besucher finden sich auch damit ab. Sie sind ja nur für kurze Zeit hier.

Eine ehemalige Hirtin meinte mal: Besuch auf der Alp ist wie ein Fisch – am ersten Tag ist er frisch und fein, am dritten fängt er an zu stinken. Ja, Besucher können sich nur teilweise ins Hirtenleben einfühlen. Wollen sie mitwandern, sind sie oft ein Klotz am Bein. Da ist es zu steil, dort zu weit, dann brauchen sie wieder eine Pause, und so weiter. Wenn die Situation nicht drängt, geht das. Aber das beste Team sind Hund und Hirte, spontan und je nach Situation. Jeder Tag ist ein Abenteuer, vom Wetter und den Launen der Tiere geprägt. Auch Besucher können überraschen, nicht immer melden sie sich an, sondern stehen plötzlich vor der Hütte. Haben sie Glück, bin ich da. Es ist aber auch schon vorgekommen, dass sie stundenlang vergebens auf mich gewartet haben. Das Gebiet ist riesig. Mich zu finden, ohne mein Wege zu kennen – unmöglich.

Hirten haben einen niedrigen Status. Oft werden sie Aussteiger genannt, oder man meint, sie kämen mit anderen Menschen nicht zurecht. Aber diese Ansichten zählen nicht, denn Hirten sind selten Herdenmenschen. Introvertiert und illoyal müssen sie deshalb nicht sein. Meistens sind sie intelligent, oft auch Akademiker. Sie lieben die Natur, und dazu gehören auch die Menschen.

Im Dorf. Es schneit. Ich sorge für die Schafe eines Bauern, der einen Unfall hatte. Ich muss Lämmer und Schafe in zwei Ställe sortieren. Die Tiere sind schnell und stark. Wieder einmal verdrehe ich mir einen Finger. Mich erinnert das an einen schlimmen Unfall auf der Alp.

Auch da hatte ich mir den Finger verdreht, als ich weinend halbtote, abgestürzte Schafe töten musste. Sie lagen in einem Tal, in dem Wasser fliesst. Keine schöne Erinnerung. 13 Tiere haben dort den Tod gefunden, und jedem hatte ich einen Sommer versprochen. Es tat mir unendlich weh, es war mein erster Sommer auf der Schafalp. Erst am Abend dann, als die Schafe mit dem Heli weggeflogen waren, merkte ich, dass der Finger krumm war und schmerzte.

Bin heute ein wenig traurig. Mara, meine alte Hündin, ist von uns gegangen. Auch Treuia, die Junge, trauert um sie. Es tut weh, obwohl ich am Schluss, als Mara nur noch vor sich hin vegetierte und ganz, ganz ruhig war, gewünscht hatte, sie möge erlöst werden. Jetzt ist sie im Hundehimmel und hat keine Schmerzen mehr. Sie war ein guter Border Collie, ein wunderbarer Hirtenhund. Sie hat mit mir gelacht, und wenn ich traurig war, hat sie mich getröstet. Ich habe sie gelobt und mit ihr geschimpft. Ihre Freundschaft kannte keine Grenzen. Heute Morgen habe ich den Tierarzt angerufen und gebeten, vorbeizukommen und sie zu erlösen.

Sie war aber schneller und schlief ein, bevor er kam. Das war mein Wunsch für sie gewesen: ein natürlicher Tod.

Die Hunde mögen mich. Wenn ich im Dorf unterwegs bin, ist meistens eine ganze Schar dabei. Ich mag sie auch, sie sind die treuesten Freunde.

Mit den Kalendertagen habe ich Mühe. Selten weiss ich genau, wo wir gerade sind. Auf der Alp ist das kein Problem, da zeigen Sonne und Vegetation die Stunden und Jahreszeiten an. Es gibt aber auch Wintereinbrüche im Sommer. Da hilft keine Kalenderangabe.

Mein Finger ist geschwollen, er schmerzt aber nicht. Indianer kennen keine Schmerzen, sagt der Bauer, bei dem ich arbeite. Der Arzt unseres Tals meinte einmal, dass die Leute aus unserem Dorf erst zum Doktor kommen, wenn sie tot sind. Ja, wir sind zäh. Die Landschaft färbt ab. So strapazieren wir wenigstens nicht die Krankenkassen.

Das Leben im Dorf. Jeder kennt jeden oder auch nicht. Man meint einander zu kennen. Fällt jemand aus der Norm, sorgt er für Gesprächsstoff. Jeder komponiert noch etwas hinzu, bis die Realität verdreht und auf den Kopf gestellt ist. Eine Hirtin, die ihren Weg geht, ist ein idealer Köder für ihre Fantasien. Alleine auf der Alp, man weiss nicht genau, was die da macht. Ein Nährboden für Spekulationen. Aber das ist nur eine Seite des Dorflebens. Es gibt auch eine andere. Wir helfen einander, wo Hilfe oder Trost nötig sind. Stirbt zum Beispiel ein geliebter Mensch, trauern alle mit der Familie und den Freunden. Die Isolation ist nicht so stark wie in den Städten. Mein Bruder wohnt in Los Angeles. Er meinte einmal, du vereinsamst ja, wenn du so viel alleine bist! Ich war damals bei ihm zu Besuch und sagte, hier in Los Angeles, wo man die Nachbarn nicht kennt und die Kriminalität spürt, hier würde ich vereinsamen. Bellt ein Hund um Mitternacht, höre ich einen Knall, und das Gebell verstummt. Mir bleibt das Herz stehen, mein Bruder empfindet das als normal. Wenn man dort lebt, muss man das so auffassen, sonst geht man wahrscheinlich kaputt.

Die Einsamkeit auf der Alp ist ganz anders, ich bin ja nie alleine, die Hunde sind immer bei mir und rundum sind Tiere, Elfen und Feen. Aber auch hier braucht es Stärke, um mit allem fertig zu werden. Der grösste Feind liegt in einem selber. Ihn oder den Freund in sich, beide kann man nähren. Die Auseinandersetzung mit sich selber ist unumgänglich. In der Stadt oder im Dorf kann man davor besser flüchten und sich ablenken. Man kann sich faul berieseln lassen.

Was ist gut, was ist schlecht? Ist nicht alles Gott? Er ist in allem und überall und hat unendlich viele Gesichter. Mitakuye Oyasin – alles ist eins. Das kurze Gebet der Lakota-Indianer bedeutet auch: Für alle meine Verwandten – und meine Verwandten sind alle Wesen auf der Erde und sonstwo. Religionen sind ein heisses Thema. Besser, ich fange gar nicht damit an. Ich kann mir gut vorstellen, dass Gott über unsere Dummheiten staunt, lacht und den Kopf schüttelt, aber er straft uns nicht, wir strafen uns schon selber mit dem, was wir denken und tun.

Ein Tag auf der Alp. Nieselregen, kalte Bise, neblig. Der Sommer hat erst begonnen, ich bin noch auf der unteren Weide. Die Schafe wollen hinauf, aber ich will Grenze halten, sie noch zwei, drei Tage unten haben, denn wo sie hinziehen, gibt es keinen Zaun. Da es regnerisch ist, sind sie eher spät unterwegs und nicht so schnell. Ich packe den Rucksack mit Kleidern und laufe – mit Migo, dem Hund – parallel zu den Schafen. Auf der Rinderalp warte ich ab, bis die Schafe hochsteigen, dann muss auch ich aus dem Schutz des grossen Stalles und hinauf wandern. Laufe langsam, damit ich in den Regenkleidern und Stiefeln nicht ins Schwitzen komme. Als ich die Schafe überhole, bläst mir eine kalte Bise ins Gesicht, wie feine Messerklingen. Ich packe die Kleider aus und ziehe sie an. Wie halte ich hier Grenze bis am Abend? Es ist erst etwa neun Uhr. Ich friere bis zu den Knochen, und die Finger sind schon ganz klamm. Kommt Not, kommt Rat. Mit Hilfe der Zeitungen, die ich im Rucksack habe, mache ich ein Feuer. Da ich hier über der Waldgrenze bin, habe ich immer Zeitungen dabei, und wenn ich kalte nasse Füsse habe, wärme ich sie darin.

Ich sammle Alpenrosenstauden, lege Steine rundum, nehme das Papier und zünde es an. Es dauert lange, bis die nassen Alpenrosen anfangen zu rauchen. Und doch entsteht ein winziges Feuer, das schon leicht wärmt. Habe alle Hände voll zu tun: Alpenrosen sammeln, sie ums Feuer legen, damit sie trocknen, wieder blasen, das Feuer schüren. Dann wieder Schafe kehren. Migo hält wunderbar die Grenze, er mag das Feuer aber nicht. Weiter oben ruhen sich zwei Hirsche aus. Der Hund bellt, ich pfeife und rufe. Die Hirsche bleiben trotzdem liegen. Langsam werden auch die Steine rundum warm, und ich habe einen herrlichen Ofen, der zwar mehr raucht als brennt, aber doch wärmt.

Die Stunden gehen im Nu vorbei, nur Migo wird es langsam langweilig. Er will heim, ich nicht. Ich staune über die Alpenrosen, ein Wald in Miniatur mit Blüten. Gegen fünf Uhr hat Migo wirklich genug, und er beginnt ohne mein Zutun die Schafe den Hang hinab zu treiben. Also gut, dann muss eben auch ich den warmen Ofen verlassen und schauen, dass Migo alle mitnimmt. Den Hirschen wird der Krach jetzt zu gross, sie stehen auf und springen davon. Meine Kleider riechen nach Rauch.

Ich und Migo gehen zur Hütte, wo mein Vater das Nachtessen vorbereitet hat. Er fragt, wo wir so lange waren. Den Rauch des Feuers hat er nicht gesehen. Obwohl die Übersicht von Vanescha aus sogar besser ist als die von der Alphütte. Das Maiensäss gehört ihm. Im Frühling schaut er hier zu den Mutterkühen, bis sie auf die Alp gehen. Danach melkt er meine Ziegen und kocht, bis ich auf die Alp ziehe. Vanescha ist ein Stück Heimat für mich. Der kleine Weiler ist nur vom Frühling bis zum Herbst bewohnt. Im Sommer heuen die Bauern, die hier Land besitzen. Das meiste Heu fahren sie ins Dorf, und von dort bringen sie den Mist. Heute geht das, weil die Strasse ausgebaut ist. Früher blieb das ganze Heu im Weiler, und die Tiere wurden bis im Februar ausgefüttert. Bis zu zehn Bauern oder mehr waren da. Heute bringen noch zwei das Heu in den Stall, um auszufüttern, zwei andere führen das Heu wieder ins Dorf. Auch hier, zuhinterst im Tal, sind wir modern geworden.

Seit meinem 16. Lebensjahr bin ich im Herbst in Vanescha geblieben. Früher hatte mein Vater Kühe, später übernahmen sie meine Schwester und ihr Mann. Sie haben Anguskühe, Mutterkühe. Oft, mit viel Überredungskraft, durfte ich ein paar zum Ausfüttern dabehalten. Ein Genuss für mich. Am Anfang waren wir vier Bauern. Ich durfte immer am längsten bleiben. Bis Mitte Oktober bleibt auch der Alfred, der den Emil eingestellt hat. Er ist pensioniert und schaut nach den Kühen. Und es bleiben ein paar Angus und ich, solange es geht. Es ist auch schon passiert, dass die Kühe bei Vollmond oder Schnee von alleine zurück ins Dorf sind. Die Kühe sind halt auch modern geworden.

In Vanescha habe ich viel erlebt. Einmal, als der Emil selber noch Milchkühe hatte, kochten wir abends zusammen. Er kam oft zu mir, um sich zu unterhalten. An diesem Abend lag in der ganzen Stube kardierte Wolle herum, ich war am Filzen. Emil meinte: »Ich gehe morgen zurück ins Dorf, sie melden Schnee.« – »Na gut, dann gehst du halt, ich bleibe.« Am nächsten Tag ging er wirklich, ich putzte seinen Stall, versorgte meine Kühe, das Wetter war schön. Abends ging ich friedlich ins Bett. Am Morgen erwartete mich eine grosse Überraschung. 80 Zentimeter Schnee hatten alles zugedeckt, und es schneite weiter. Zuerst schaufelte ich den Weg zum Stall frei und zum Brunnen, um die Tiere zu tränken. Dann rief Anton, mein Schwager, an. Er komme, um die Kühe zu holen. Blitzschnell räumte ich auf. Anton musste eine Strecke, die man bei normalen Verhältnissen eineinhalb Stunden benötigt, mit all dem Neuschnee schaffen. Als er endlich da war, fanden wir beide, wir könnten die Kühe so nicht hinaustreiben, denn die Lawinen kamen bereits, und was wäre, wenn wir mit den Tieren stecken blieben? »Jetzt kannst du auch noch da bleiben«, sagte ich zu ihm. Anton wollte aber doch nach Vrin zurück. Ich schaute ihm nach bis zum Wald, da sind auch steile Hänge und danach hat es noch etliche gefährliche Täler. Ich betete und hoffte, dass er heil daheim ankomme. Immer wieder rief ich meine Schwester an, ob er schon da sei, aber er war noch immer unterwegs. In Vanescha hat es eine öffentliche Telefonkabine, superpraktisch, denn Natel-Empfang ist keiner da, und damals besass ich auch gar keines. Endlich, rief meine Schwester an, sei er angekommen. Ein Stein fiel mir vom Herzen. Jetzt konnte ich die verrückte Situation geniessen. Die Tiere sind friedlich und Heu ist genug da.

Am nächsten Tag schaue ich in der Telefonkabine nach. Dass meine Mutter nicht angerufen hat, wundert mich. Die Leitung ist tot. Na gut, jetzt bin ich ganz abgeschnitten. Kein Grund zur Panik, ich gehe meiner Arbeit nach, Esswaren sind auch noch genug da. Am vierten Tag ist der Schnee in sich zusammen gefallen, es ist Ende Oktober. Ich sehe, dass mein Schwager, Gabriel und Linus am Pfaden sind. Gut, ich hole auch die Schaufel und gehe ihnen entgegen. Nun bringen wir das Vieh hinaus. Zuerst führt eine Hinkende die kleine Herde. Überall sind Lawinen abgegangen. Die Tiere sinken ein, und wir kommen nicht vorwärts. Dann übernimmt eine jüngere Kuh die Führung. Sie geht überall durch, und so kommen wir gut an. Die Führerin gebärt eine Woche später Zwillinge.

Im Herbst darauf hat es dann noch mehr Überredungskraft gebraucht, um mit ein paar Kühen in Vanescha bleiben zu können. Meine Freunde und Verwandte hatten Angst gehabt um mich. Gut, ich hätte ein Bein brechen und keine Hilfe holen können. Das war mir schon bewusst. Aber der Weiler war so schön, so unberührt, rein und still.

Einmal bin ich bis anfangs Dezember in Vanescha geblieben. Das Wasser gefror in den Eimern in der Küche, die Eisblumen am Fenster schmolzen erst, wenn die Sonne sie erwärmte, obwohl der kleine Eisenofen heiss war. Die Vöglein kamen auf den Fenstersims, eine Gemse suchte ganz in der Nähe Gras. Wäre ich noch ein paar Wochen oder Monate geblieben, hätte mich die Wildnis wohl ganz in sich aufgenommen?

Nun haben wir einen Specksteinofen. Die Küche ist dicht gemacht, ein neues Schlafzimmer ausgebaut und die Decke des alten Schlafzimmers ist erhöht. Der Wind bläst jetzt nicht mehr über mein Haar hinweg, wenn ich schlafe. Und wenn Regen fällt, muss ich ganz gut zuhören, um ihn wahrzunehmen. Die Toilette ist immer noch im Stall, und Wasser holen wir vom Brunnen. Ein wenig Nostalgie muss sein auf der Alp. Kerzenlicht am Abend macht sie noch romantischer. Ach, wahrscheinlich könnte ich in Vanescha leben. Ich kann ohne Komfort und Luxus glücklich sein. Ein heisses Bad kann ich aber auch geniessen. Oder ein gutes Essen in einem noblen Restaurant. Es ist nicht so, dass ich dieses Leben nicht kennen würde. Ich mag es sogar ab und zu.

Die Ziegen. Ein grosses Thema. Mit ihnen hat meine Alpzeit angefangen. Während neun Sommer waren sie meine Freunde und sind es immer noch. Inzwischen besitze ich selber welche.

Früher hatte jede Familie ein paar Ziegen. Heute sind es nur noch wenige. Ihre Eigenwilligkeit strapaziert oft die Freundschaft der Nachbarn. Ziegen sind neugierig, sie mögen Blumen, auch um die Häuser oder in Gärten. Das macht sie mir noch sympathischer, sie lassen sich nicht in die Enge treiben. Und sie rentieren nicht. Kanton und Staat unterstützen vor allem die Grossen, alles muss gross sein. Die Vielfalt geht so zugrunde. Auch das ist eine merkwürdige Entwicklung. Dabei sind die Produkte der Ziege sehr gesund. Für mich ist es die Freude an der Ziege, die mich weitermachen lässt, nicht das Geld. Ziegen sind zudem auch sehr nützlich. Sie halten Sträucher zurück und überweiden nicht. Sie sind aussergewöhnliche Individuen. Sie können so lieb sein und dich kurz darauf total ärgern. Sie testen den Hirten. Sie bringen ihn an Grenzen, psychisch und körperlich. Sie fordern heraus. Ich liebe sie, aber ich habe sie auch schon gehasst.

Mein Vater hatte eine ausserordentlich spezielle Ziege. Sie hiess Linda. Zum Glück hatte sie keine Hörner, denn sie war auch gefährlich und lockte die Herde in verbotene Gebiete. Im Winter akzeptierte sie nur meinen Vater, er war ihr Führer, mich schupste sie davon. Im Sommer waren wir dann dicke Freundinnen. Besucher mochten die Linda nicht, weil sie unnahbar und unberechenbar war. Einmal lief ich durch die Stauden hoch, um ein paar zurückgebliebene Ziegen zu den anderen zu bringen, die oben warteten. Meine Freunde nahmen den normalen Weg und kamen zum Stein, bei dem die Ziegen warteten und wo auch Linda war. Sie meckerte die Besucher mehrmals an und lief dann in meine Richtung, obwohl sie mich nicht hatte sehen können.

Einmal fehlten mir ein paar Ziegen. Als ich Linda fragte, wo sie sind, wackelte sie mit dem rechten Ohr. Also ging ich rechts. Und wirklich, sie waren da.

Mit einem Freund, der seit einem Unfall im Rollstuhl sitzt, ging ich in einen Parfumladen. Als wir hinein kamen, wurde es mir fast schlecht von den vielen intensiven Düften. Er wollte einer Freundin auf Weihnachten ein Parfum schenken. Wir wurden bald fündig, und er meinte, ich solle meinem Freund doch auch ein Parfum schenken. Er fragte mich, was er denn so brauche. »Keine Ahnung, am liebsten mag ich, wenn er nach Harz riecht.« Die Antwort bescherte ihm einen Lachkrampf, und die künstlichen Düfte blieben im Regal.

In den Hochtälern leben immer weniger Menschen. Die Jungen ziehen weg, und die Kinder bleiben aus. So stehen immer mehr Häuser leer. Sie werden zum Verkauf oder zur Miete angeboten. Immer mehr Feriengäste und Wochenendler kommen ins Tal. Es gibt die, die unsere Landschaft und Kultur lieben. Aber es gibt auch andere. Solche, die Tierkacke verabscheuen oder die nicht schlafen können, weil ein Hahn kräht oder die Kirchenuhr die Stunden läutet. Der Hahn war immer schon da, warum kommen sie denn in ein Bauerndorf?

Ein alter Mann stand oft an der Strasse und beobachtete die Wanderer, die durch Cons liefen. Manchmal ergaben sich Gespräche. Einmal sagte ihm einer: »Ihr seid hier ein wenig hinter dem Mond!« Er hielt inne und antwortete: »Ja, wo ist denn das? Es könnte auch sein, dass Sie hinter dem Mond sind!«

Es braucht nicht viel. Wichtig ist, dass das Richtige im richtigen Moment geschieht.

Obwohl ich oft alleine zuhinterst im Tal wohne, kenne ich die verschiedensten Menschen. Viele meiner Freunde wohnen im Unterland oder jenseits der Schweizer Grenze. Auch wenn wir uns sehr selten sehen, ist die Verbindung da. Es braucht kein ständiges Getratsche, um einander nahe zu sein. Wenn Nähe da ist, sind Zeit und Distanz unbedeutend.

In meiner Kindheit waren Kühe, Ziegen und Schafe im Herbst überall auf der Wiese zerstreut und durchmischt. Es war so ein schönes Bild, so friedlich. Inzwischen sind überall Zäune und nochmals Zäune, jeder zäumt seine Tiere ein, separiert sie voneinander. Tiere kommen gut miteinander aus, die Menschen tun sich da schwerer. Mit dem Kraftfutter übertreiben wir immer mehr und nochmals mehr. Es macht die Tiere krank. Und wir Menschen werden es auch.

Ich bin lieber leicht wie ein Schmetterling. Leicht wie der Flug des Adlers und die Liebe zu meinem Freund.

Der Wind bläst gerade in Orkanstärke. Er macht Musik mit Fensterläden und allem, was locker ist. Was erzählt er? Er schmilzt den Schnee, es ist der Föhn. Meine Ziegen sind heute wieder draussen. Nach dem 25. Oktober dürfen sie frei herum laufen. Hoffentlich noch ganz lange, solange der Winter nicht einbricht. Auch ein paar Schafe des Bauern, für den ich arbeite, sind ausgebrochen. Sie sind frei auf der Wiese, und ich füttere nur noch in einem Stall. Die kleinen Lämmer sind voller Lebensfreude.

Auf der Schafalp hatte ich die Ziegen eines Bauern dabei. Zwei musste ich melken, vier hatten Gitzis. Sie kamen von alleine zur Hütte, wo sie Brot bekamen und gemolken wurden. Eines Abends fehlte eine. Nach zwei Tagen fand ich sie. Oje, was für ein Anblick! Sie lag über dem Tobel im steilen Hang mit einem kaputten Bein. Zwei offene Brüche, die schon angefangen hatten zu eitern. Um sie hinunter zu bringen, war es zu weit. Also selber verarzten. Sammelte Blätter von Meisterwurzel und Hahnenfuss, die ziehen den Eiter raus. Mit den Streifen eines Leintuches bandagierte ich das Bein und gab

Arnikakugeln gegen die Entzündungen. Zweimal am Tag wechselte ich den Verband. Langsam kam sie immer näher zur Hütte, und schliesslich erholte sich das Bein. Es blieb ein wenig dicker und krumm, aber sie konnte noch lange heil leben und laufen, bis eine andere Krankheit sie ins Gras beissen liess.

Schafe sind viel schwieriger zu pflegen. Sie sind scheu, und wenn sie etwas plagt, dann sind sie besonders darauf bedacht, dass der Mensch ihnen nicht zu nahe tritt. Manchmal braucht es nur einen Blick, und sie machen kehrt.

Jeder kann ein Buch über sein Leben schreiben, auch wenn es noch so unbedeutend erscheint. Wer hätte zum Beispiel gedacht, dass ich etwas zu sagen habe. Die Eremitin, die man nur selten zu Gesicht bekommt, die man nicht einordnen kann.

Im Ofen prasselt das Feuer. Die Schafe sind bis zum Abend versorgt, und die Hunde warten auf Erholung. Heute gehen wir nach Vanescha, um den letzten Fensterladen zuzumachen, bevor der Winter einbricht. Mir wäre es recht, wenn er noch nicht so bald käme. Bei uns dauert er so lange. Dieses Jahr hat es schon im Oktober geschneit – und schon vorher auch. Aber das Wetter können wir nicht beeinflussen. Oder haben wir es schon?

Gestern hatte ich Angst. Zwei fast verwilderte Ziegen hatten sich in den Felsen verstiegen. Mein Freund und Linus stiegen hoch, um sie zu holen. Der Abgrund unter ihnen war tief, erbarmungslos. Ich blieb mit den Hunden und Janic im Hintergrund. Es ging alles gut, wir konnten die Ziegen fangen und heimbringen. Danke!

Die elektrischen Geräte mögen mich nicht. Gestern Abend zeigte mir mein Freund, wie der Kopierer funktioniert. Und als ich heute drückte, wie er es mir gezeigt hatte: Kein Wank! Ein anderes Mal wohnte ich bei einer befreundeten Bäuerin, die ein paar Tage weg musste, um ihre Tiere zu füttern. Tagsüber ging ich mit Fellen und Skiern auf den nahen Berg. Am Abend nach der Arbeit streckte ich mich müde auf dem Sofa aus und wollte fernsehen. Als ich auf die Fernbedienung drückte, verschlüsselte ich versehentlich die Kanäle. Also aus mit Fernsehen. Da ich keinen besitze, hatte ich mich auf Fernsehabende gefreut. Doch dann spielte der Vater meiner Freundin zu meiner Unterhaltung in der oberen Wohnung Handorgel und sang dazu. Live Musik, noch besser! Was mich besonders faszinierte: Er hat erst mit 80 Jahren damit angefangen, und er hat Talent.

Die Launen der Menschen sind schwer zu verstehen. Auch Tiere sind launisch, aber offen und klar. Menschen sind oft grundlos gemein, verschlossen hinter dampfenden Gehirnen.

Rosen am Briefkasten, der Pöstler meint es gut, er ahnt aber nicht, dass er damit die Fantasie gewisser Leute anspornt. Es könnte eine versteckte Liebeserklärung sein! Von wem? Von dem oder dem oder dem?

Man kann in einem kleinen Dorf leben, umringt von Bergen, und doch einen weiten Horizont haben. Ab und zu tut es aber auch gut, auf die Berge zu steigen, um zu schauen, wie gross die Welt ist. Um die Weite zu fühlen.

Die Wüste, sie ist den Bergen ähnlich. Sie hat mir gefallen. Mit einer Reisegruppe war ich zehn Tage mit Kamelen unterwegs. Wir hatten Zelte dabei, aber ich schlief meistens draussen. Die Sterne waren die gleichen wie daheim. Manchmal bläst der Wind den Sand bis in unser Tal, rötlicher Schnee. Ein Sandsturm ist wie ein Schneesturm. Beides kann tödlich sein.

Oj, habe eingeheizt und mich gefragt, warum es nicht brennt. Na, wenn ich den Kamin nicht öffne, geht es nicht. Dafür ist jetzt Rauch in der Küche.

Noch eine Herausforderung: Treuia wird läufig, was soll ich tun? Orsus, ihr Bruder, ist ein Rüde, und wir sind immer zusammen. Welpen vom Bruder? Wohl nicht so ideal, obwohl beide Stammbäume haben.

Kinder haben grosse Freude an den Ziegen, sie wollen immer wieder mit mir und den Ziegen los. Für mich ist das gar nicht so einfach, denn das Gebiet ist steil, und die Ziegen sind unberechenbar. Man weiss am Morgen nie, wohin der Tag führt. Einmal, es war neblig und regnerisch, besuchte mich Simon auf der Ziegenalp. Er war ein wenig kränklich, und ich war froh, dass er sich entschied, beim Senn Gabriel in der Hütte zu bleiben. Ich zog mit Mara, die noch ein Welpe war, und Senta, der arbeitenden Hündin, zu den Ziegen. Sie grasten an der Grenze bei der Lärche. Ich stieg hoch und sass auf einem Stein unter den Felsen. Weil ich da war, blieben die Ziegen ruhig. Plötzlich hörte ich ein Donnern über mir. Ich schaute hinauf und sah, wie sich ein Stück Fels gelöst hatte, die Steine breiteten sich trichterförmig aus und kamen direkt auf uns zu. Hilfe, ich rannte in Richtung Tal, die Hunde vor mir. Natürlich waren wir nicht so schnell wie die riesigen Steine, die an uns vorbei donnerten. Es war Wahnsinn. Hätte uns so eine Platte erwischt, wären wir in zwei geteilt gewesen. Endlich beim Bach angelangt und die andere steile Flanke rauf. Wir waren in Sicherheit, und kaum zu glauben: Kein einziger Stein hatte uns getroffen. Ich zitterte am ganzen Leib und dankte von Herzen, dass wir der Gefahr heil entkommen waren und dass Simon nicht dabei war. Hunderte von Malen bin ich diesen Weg gelaufen, und nie hat sich nur ein Stein gelöst. Noch heute, wenn ich davon erzähle, komme ich ins Zittern. Steinschlag ist unberechenbar – da kann man nur auf die Schutzengel hoffen.

Ein anderes Mal hatten die Ziegen nur eines im Kopf. Nämlich auf die Rinderalp, die an unserer Grenze liegt, abzuhauen. Ich musste die langsameren hinauf treiben und sah schon, wie die ersten, hoch oben auf dem steilsten Hang, in Richtung Rinderalp zogen. Ich beeilte mich, nahm alle meine Kräfte zusammen, aber wusste auch, dass ich es nicht schaffen würde, vor ihnen oben zu sein. Also rief ich die Geister. Ich hatte eben ein Buch darüber gelesen. Da, genau auf der Grenze, erschienen zwei riesige Vögel, es waren keine Adler. Sie flogen so niedrig, dass die Ziegen erschreckten und sich kehrten. Ich war baff, die Vögel waren ganz schwarz, und ich kam rechtzeitig oben an, bis die Ziegen den zweiten Versuch machten. Ganz benommen und glücklich über diesen Zauber lief ich am Abend mit der Herde zurück zur Alphütte und sagte zum Senn Gabriel, heute hab ich zwei Vögel gesehen, die es nicht gibt. Wir entschieden dann, dass es zwei Kolraben waren. Bei den Indianern sind sie die Verbindung zum Jenseits. Also gibt es heute noch Wunder auf unserer Erde. Die Erklärung bleibt aus.

An einem Abend, früh im Sommer auf der Schafalp. Ich war in der unteren Hütte, schaute aus dem Fenster hinüber zur Schafweide. Oben hatte ich einen Zaun gezogen. Was ist damit los? Mit dem Fernglas sehe ich, wie eine Gemse sich darin verfangen hat. Oh nein. Mein Vater und Emil waren auch da. Sie meinten, ich solle schlafen gehen und morgen schauen. »Wenn ich bis morgen warte, ist sie bestimmt tot. Nein, ich steige hoch.« Nehme ein Messer und Stricke mit mir. So schnell, wie meine Lunge es zulässt, steige ich runter zum Bach, über die Brücke und den steilen Hang hinauf. Auf dem Weg treffe ich noch ein Lamm an, das Durchfall hat, trage es hoch, bis es seine Mutter sieht, danach läuft es alleine. Weiter bis zum Zaun. Alles ist ruhig. Hat die Gemse sich befreit? Nein, sie ruht sich nur aus. Zum Glück ist es eine Gämsgeiss, die ist nicht so gross und stark wie ein Bock. Und jetzt? Sie bemerkt mich, und schon geht der Kampf mit dem Zaun erneut los. Ihre Krücken sind vom Zaun umwickelt. Ich fasse den Zaun und ziehe sie näher an mich heran. Die Gemse ist in Panik, macht Sprünge über mich hinaus. Ich lasse den Zaun nicht los, bis sie ganz nah ist. Irgendwie schaffe ich es, sie unter meinem Körper festzuhalten, nun aber ist ein Draht um ihren Hals, sie steckt schon die Zunge raus und kriegt keine Luft. Nein, bitte stirb jetzt nicht. Ich hole das Messer aus dem Hosensack und schneide den Draht. Geschafft, sie lebt noch. Nun die Krücken befreien, ich kriege ohne Messer das Netz frei, aber ein kleines Stück Krücke bricht ab. Einen Moment lang ist sie frei, verfängt sich aber wieder, diesmal am Bein. Oh nein, nochmals das Netz fassen und sie zu mir ziehen, losbinden. Sie stürzt, und die Krücken verfangen sich in meiner Hose. Sie sind messerscharf und, kaum zu glauben, kein Kratzer, kein Riss in der Hose. Die Gemse steht auf, schüttelt den Kopf, bleibt kurz stehen, gibt einen Pfeif, und weg ist sie. Ach, ich bin so glücklich und auch benommen. Es ging alles so schnell und brauchte viel Kraft. Das Netz wieder aufrichten, es mit dem Seil flicken und mich beeilen, dass ich vor dem Eindunkeln bei der Hütte ankomme.

November, es schneielet. Ich füttere immer noch die Schafe vom Nachbarsbauern. Gestern war Stall ausmisten angesagt. Eine harte Arbeit, bin froh, dass ich es gepackt habe. Dann muss ich meine Ziegen und drei Hunde versorgen. Mit Tieren gibt es keine freien Tage.

Oft werde ich um Vertretungen angefragt. Wann habe ich das letzte Mal Ferien gehabt? Ich weiss es ehrlich nicht. Es mag scheinen, als hätte ich wenig zu tun, da ich viele verschiedene Sachen mache und nirgends fest angestellt bin. Das zählt nicht als Arbeit. Dann helfe ich gerne und höre gerne zu, auch das braucht viel Zeit, die Belohnung ist karg in Sachen Geld, aber das ist nicht so wichtig.

Vor ein paar Tagen war der Pfarrer bei mir. Wenn er in Cons die Messe liest, kriegt er ein Frühstück und macht dann die Runde von Nachbar zu Nachbar. Er fragte mich, was ich denn so arbeite. Ich erzählte ein wenig, und er machte sich die grössten Sorgen, wie ich denn die Rechnungen bezahlen würde. Nach meinem Seelenheil hat er nicht gefragt. Ich musste fast lachen und sagte, ich würde halt bescheiden leben, und es würde schon reichen. Er glaubte mir nicht.

Die Schafe blöken, sie haben wohl Hunger. Das Brot im Ofen braucht aber noch ein paar Minuten. Auch Treuia ist unruhig. Ob sie Heimweh nach Orsus hat? Ist ihre Läufigkeit auf dem Höhepunkt? Ich war nicht beim Tierarzt, sondern habe eine Hose für sie gebastelt. Hoffentlich ziehe ich sie ihr rechtzeitig an. Sieht lustig aus.

Am Nachbarshaus hängen die Eiszapfen am Dach. Es liegt so nah, dass die Nachbarn mir in die Küche schauen können und ich in ihr Schlafzimmer. Aber ich bin ja nur im Winter hier, und dann haben sie die Fensterläden zu.

Ich liebe Kinder, habe selber aber keine. Alles hat seinen Preis, Kinder zu haben und auch keine zu haben. Kinder sind noch so rein und spontan, sie lassen sich nicht von der Schwere des Lebens erdrücken. Sie sind.

Die Eiszapfen glitzern im Morgenlicht, die Kälte ist eingebrochen. In einem Stall war das Wasser heute gefroren. Nun muss ich zum Bauer gehen, er hat ein Gerät, um es zu tauen. Ich sollte auch für ihn einkaufen.

Ich weiss: Um nicht enttäuscht zu werden, sollte ich nichts erwarten. Aber wie steht es mit den Erwartungen, die in mich gesetzt werden? Kann ich sie erfüllen, ohne mich selber zu verraten? Ich muss Acht geben, dass ich bei mir bleibe, dass mein Leben nicht von den Erwartungen der anderen bestimmt wird. Schreiben ist eine einsame Tätigkeit. Ruhe und Konzentration sind wichtig. Klare Gedanken und Inspiration.

Kräuter von der Alp im Tee. Ich mag den so gerne, eine Nachbarin hatte Angst, dass ich den Pfarrer damit vergiften könnte. Nein, so schlimm bin ich nicht.

Heute bläst der Nordwind. Der Weg zu den Ziegen war zum Teil nicht sichtbar, die Schneeverwehungen haben ihn zugedeckt. Eine Nachbarin hat mir den Stall verpachtet. Das Heu zahle ich mit Arbeit ab, und etwas kaufe ich dazu, da ich selber ja nicht heue. Der Stall liegt oberhalb von Cons, etwa 50 Meter daneben steht ein Brunnen. Ein schöner Aussichtspunkt. Letztes Jahr habe ich von einem pensionierten Bauer ein paar Ziegen übernommen, wunderbare Milchziegen, und es ist mir wichtig, dass dieser Clan weitergezogen wird. Im Moment sind es acht Ziegen. Eine gehört dem Bauer, damit er auch noch eine Freude hat. Er hilft mir aus, wenn ich in Zeitnot komme, die Ziegen hat er mir praktisch geschenkt. Auch ihm ist es wichtig, dass die Ziegen nicht aussterben und dass sie mit Liebe versorgt werden.

Letztes Jahr, als ein Meter Schnee den Weg bedeckte, hatte ich noch nicht genug Heu im Stall. Ich musste die kleinen Ballen mit dem Schlitten hinaufziehen. Manchmal half mir der Bauer. An einem Tag, ich war alleine, kamen zwei Touristen den Hundeweg hinab. Sie zückten den Fotoapparat. Ich schwitzte und war eben dabei, den Schlitten mit den drei Heuballen das steile Stück hinaufzuziehen. Es ging gar nicht gut, ich hatte zuviel geladen. Beim Anblick der Touristen mit dem Fotoapparat ging mir die Galle hoch. Der Mann merkte dann doch, dass es vielleicht höflicher wäre, mir mit Stossen zu helfen.

Auf der Ziegenalp kauften die Touristen oft Käse bei der Hütte, das war natürlich gut, und oft gab es interessante Begegnungen. Doch wenn ich am Abend müde und halb verwildert vom Berg, meistens barfuss, mit der Herde zur Hütte kam, standen Touristen in der Reihe mit Fotoapparaten. Ich fühlte mich wie eine Gemse, schlich schnell in die Hütte, zog Stiefel an und verschwand im Stall, um die Ziegen anzubinden. Danach waren manche Touristen oft noch da und wollten zusehen, wie wir die Ziegen molken.

Leo Tuor, mein Lieblingsautor, ist auch ein Bergmensch. Er war mal Schafhirt. Ich fühle mich daheim in seinen Büchern. Sein neuestes, auf Romanisch erschienene Buch liegt bei mir auf dem Tisch: »Catscha sil capricorn en Cavrein« (Steinbockjagd in Cavrein). Das Schlusswort finde ich sehr schön: »Tegn mei en buna memoria e pren mes meinis buca pèr la sontga scartira. Scriva si empau da quei che nus vein trafficau, ed empau metta vitier.« – »Behalte mich in guter Erinnerung und nimm meine Meinungen nicht als die Heilige Schrift. Schreibe etwas auf, was wir gemacht haben, und lege etwas hinzu.«

Romanisch ist eine sehr schöne Sprache und sehr hilfreich, um andere lateinische Sprachen zu lernen. Ich rede und denke in Romanisch, warum schreibe ich eigentlich auf Deutsch? Ganz einfach, weil meine Kontaktpersonen deutschsprachig sind.

Die Jagd ist auch für mich ein Thema, obwohl ich keine Jägerin bin. Ich esse auch sehr gerne Wildfleisch, vor allem Murmeltier. Im Herbst, wenn es losgeht, bin ich im Fieber wie eine Jägerin. Versuche dann die Jäger mit dem Feldstecher zu finden und zu sehen, was so läuft. Ein paar Male war ich ganz nah dabei. Das Wild merkt, ob du Hirte oder Jäger bist.

November, minus 16 Grad, die Kälte beisst in die Wangen, der Schnee knirscht unter den Füssen, klarer blauer Himmel. Bis die Sonne kommt, wird es Mittag.

Als ich die Ziegen hütete, lief ich oft auf der Seite des Hangs entlang, wo ein Wanderweg auf die Greinaebene führt. Die Ziegen erkennen genau, ob ich dort gehe oder ein Wanderer, das erstaunt mich immer wieder. Kamen wir am Abend vom Berg herab, liefen die Ziegen viel schneller als ich, aber bevor sie über die kleine Brücke zum Stall liefen, warteten sie auf mich.

Über 1000 Schafe und so ein Frieden – das hat mich im ersten Sommer auf der Schafalp am meisten beeindruckt. Die Ziegen sind ganz anders. Sie sind immer am Zanken. Die Hierarchie! Vor allem am Anfang wird gekämpft, bis jede ihren Platz in der Herde hat. Danach sind immer die gleichen vorne, die Führerinnen und zuletzt die langsameren. Auch bei meinen acht

Ziegen ist es nicht anders. Da wird gezankt, bis endlich eine sagt, okay, ich bin die Schwächste.

Einmal lief ich zum Diesrutpass hoch, es war Herbst, auf den Kuh- und Rinderalpen waren schon keine Menschen und Tiere mehr. Die Ziegen durften nun dort grasen. Und auch für mich war es eine schöne Zeit, denn es gab nicht mehr viel zu melken, und ich hatte Zeit zum Wandern. Ich wollte zu dem markanten Stein, den ich von der Ziegenalp oft beobachtet hatte. Von dort aus sah er wie ein Daumen aus. In Gedanken versunken blickte ich zu Boden. Da hob ich den Kopf und sah, wie mich Steinböcke ganz in der Nähe beobachteten. Nun wollte ich wissen, wie nahe ich auf sie zukommen durfte. Sie flohen nicht, doch plötzlich stampfte einer mit dem Huf. Opla, wenn der mit seinen grossen Hörnern auf mich zukommt, bin ich platt. Ich respektierte das Warnsignal und blieb stehen. Dann zogen sie weiter hinauf, und ich stand bald vor dem Stein. Er war viel grösser, als ich ihn mir vorgestellt hatte und aus der Nähe sah er wie ein riesiges Murmeltier aus.

Im November ist es ruhig im Dorf. Die Weihnachtslichter sind noch nicht angebracht. Nur im Laden kann man schon im Oktober Samiklauskuchen kaufen. Als ich ein Kind war, sah man erst am Heiligabend die ersten Weihnachtslichter, das war so schön, das hat mich total gefreut. Jetzt sind die Lichter viel früher da und bis Weihnachten ist nichts Neues mehr.

Deutsche Sprache, schwierige Sprache – für uns romanisch Orientierte. In der Schule lernen wir Schriftdeutsch und, zack, nach der Schule sollen wir Schweizerdialekt beherrschen. Als ich die Lehre als Musikverkäuferin machte, musste ich für eineinhalb Stunden Unterricht nach Zürich reisen. Ich war schüchtern und hatte Panik, mich der Klasse vorzustellen. Und prompt lachten alle.

Jetzt zieht ein Bauer mit seinem Vieh durch den Weiler. Ganz still, er hat alle Glocken entfernt, trotzdem hat Treuia die Tiere bemerkt und bellt. Ihre Läufigkeit ist auf dem Höhepunkt, aber da es Border Collies sind, kann ich gut mit ihr und dem Rüden zusammen laufen gehen. Sehen sie

Ziegen, Schafe oder Kühe, vergessen sie alles andere. So ziehe ich ihr die Hose nur an, wenn die beiden im gleichen Raum allein sind. Funktioniert gut.

Ich warte auf einen Anruf. Vielleicht kam er, als ich mit anderen am Draht hing. Viele in meiner Umgebung sind krank. Und wen ruft man da am besten an? Pia. Aber ich kann auch nicht alles machen. Wie soll ich da noch ein Buch schreiben? Mir ist kalt, obwohl der Ofen heiss ist. Nein, ich bin nicht krank, nur ein wenig verfroren.

Langsam kommt Sonnenschein. Schafe ins Freie lassen, damit sie ihre Klauen im Schnee waschen können. Mit den Hunden laufen und sie mit Schneebällen beschäftigen, obwohl die Hundepsychologin gesagt hat, Schneebälle seien nicht ideal, weil es nicht das ganze Jahr über Schnee gibt. Sitz, lauf, bleib und so weiter, bis die Hirtenzeit wieder beginnt. Border Collies wollen immer beschäftigt sein. Haben sie nichts zu tun, können sie sich komische Sachen angewöhnen. Orsus zum Beispiel fängt den

Schatten, eine schwierige Sache. Treuia springt den Autos nach oder vor sie hin, um sie anzuhalten, eine gefährliche Sache.

Mein Vater hatte für mich eine ganz andere Karriere im Visier. Er wollte, dass ich studiere. Aber in der Pubertät hing mir die Schule schon zum Hals heraus, also kam Studieren für mich nicht in Frage. Wir zwei hatten eine ernsthafte Krise. Meine Mutter tat mir leid, sie musste beide Dickköpfe verstehen. So entschied ich mich für die Bäuerinnenschule, das waren zwei Winter. Dort lernten wir Kochen, Weben, Gartenbau, Handarbeit und so weiter. Es war eine gute Schule, jetzt gibt es sie nicht mehr in dieser Form. Am liebsten habe ich gewoben und mich an Holzschnitzereien versucht. Danach entschied ich mich, in einem Musikladen in Disentis eine Verkäuferinnenlehre zu machen. Wir hatten fast alle Instrumente und auch Stereoanlagen. Mein Departement waren die CDs, Musikkassetten und damals noch Langspielplatten. Flöten konnte ich auch verkaufen. Nach der Lehre hätte ich weiter im Geschäft bleiben können, aber ich wollte etwas anderes. Die Natur fehlte mir.

Nach der Lehre durfte ich in einem romanischen Spielfilm die Hauptrolle spielen. Der Regisseur hatte mich in Vanescha beim Heuen kennengelernt, als er einen Film über Vrin drehte. An dem Tag, an dem das Filmteam in Vanescha war, hatte ich zu meinen Eltern und Geschwistern gesagt: »Warum kommen die da zum Filmen, ohne uns zu fragen?« Sie meinten, sie hätten schon gefragt, ich aber sagte: »Mich hat keiner gefragt.« Als die Filmleute fertig waren, waren wir alle ein wenig gestresst – Regenwolken zogen auf und Wind, wir mussten uns beeilen, das Heu in den Stall zu bringen. Mein Vater hatte keinen Heulader, sondern einen Aebi mit Krücken. Wir luden das Heu von Hand, und ich war diejenige, die das Heu auf den Aebi stapelte und mit den Füssen festdrückte, meistens barfuss. Also blieb ich auch oben auf dem Heu, als mein Bruder die Ladung zum Stall führte. Mein Vater und meine Schwester kamen zu Fuss hinterher. Oberhalb des Weilers führte die enge Strasse stark bergab. Mein Bruder fuhr einen Gang zu schnell, und die Heuladung überschlug sich. Ich fühlte, wie das Heu mit mir obenauf in Schräglage kam und alles den Hang hinabstürzte. Ich flog, aber ohne mir weh zu tun. Die Filmleute hatten das beobachtet und kamen rasch, um zu helfen. Meine erste Frage war: »Ist der Motor noch ganz?« Meine Schwester weinte, sie war unter Schock. Der Regisseur riet ihr, die Hände in den Brunnen zu halten. Das half. Keiner war verletzt, der Motor war ganz – und der Regen kam trotzdem. Zwei Jahre danach meldete sich der Regisseur und fragte mich, ob ich in einem Spielfilm die Rolle der Senza spielen würde. Ich war am Anfang gar nicht so begeistert, sagte dann aber doch zu nach einer Bedenkzeit. Es war eine reiche Erfahrung, die mich dann jahrelang geprägt hat. Ohne es zu merken, wurde ich im richtigen Leben zur Senza. Der Film gefiel vor allem Kindern und älteren Menschen. Die in meinem Alter fanden ihn langweilig. Er handelte von einer wahren, unglücklichen Liebesgeschichte nach Gion Deplazes.

Bald darauf wurde die Ziegenalp neu aufgebaut, und Linus fragte mich, ob ich als Hirtin mit dabei wäre. Ein Traum wurde wahr. Oder ein Alptraum – denn im ersten Sommer wurden Ziegen saniert. Die alten hatten CAE, eine schlimme Seuche, und mussten alle geschlachtet werden. So gab es zwei Jahre Pause, bevor ich die Jungen übernehmen konnte. Als Geisshirtin hatte ich am Anfang also keine Ahnung und die Geissen auch nicht. Niemand kannte die Wege, wir mussten gemeinsam alles von Grund auf neu lernen. Am ersten Tag auf der Dorfweide kam mein Vater mit. Wir hatten nur 40 Geissen zu hüten, konnten aber nicht gemeinsam Mittag essen, sonst wären sie abgehauen. An diesem Tag frassen sie keinen Bissen. Aber langsam gewöhnten sich Ziegen und Hirtin aneinander. In kürzester Zeit hatte ich etliche Kilos abgenommen und Füsse voller Blattern. Am Morgen und am Abend kam ich mit den Ziegen durch das Dorf, und die Ziegen liefen zu ihren Bauern. Dann ging es auf die Alp. Die beiden Ställe und die Hütte wurden neu gebaut und waren noch nicht fertig, als ich mit den Ziegen ankam. Ich schlief in der Hängematte. Den ersten Sommer machte ich die Alp mit Linus als Senn und seiner Familie. Da sie Bauern sind, mussten sie neben dem Käsen und Melken auch Heuen. Ja, es war ein chaotischer Sommer, und oft habe ich gesagt: Nie mehr Cavrera! Und doch hat es mich gepackt. Ich habe viel Erfahrung gesammelt, und mit jedem Sommer wurde es dann leichter.

Heute sind auf der Alp fast mehr Frauen als Männer. Früher wäre das nicht möglich gewesen. Und wenn es Frauen auf der Alp gab, mussten sie sich als Männer verkleiden. Heute kommen sogar auch viele Familien hinauf.

November. Heute Morgen ist Treuia von einem Auto erfasst worden. Sie bekam einen rechten Schlag, und ich hoffe, sie hat gelernt, dass Autos stärker sind als sie. Der Fahrer hatte keine Chance zum Anhalten. Er blieb dann aber stehen und fragte, ob sie verletzt sei. »Nein, ich glaube nicht.«

Ich mag den Morgen, die Zeit, in der es langsam hell wird, und auch den Abend, wenn der Tag in die Nacht hinübergeht. Es sind stimmungsvolle Momente. Gestern Abend ging mein Freund zum Fuchsen. Er musste nicht lange bleiben und schon kam er mit einer alten Füchsin zurück, die bereits einige Zähne verloren hatte. Er zieht den Füchsen dann das Fell ab und trocknet es. Es sind sehr schöne Felle, aber auf dem Markt zahlt man vielleicht fünf Franken pro Fell, wenn sie schön sind, sonst zwei Franken. Letztes Jahr brachten wir die Felle nach Thusis. Der Händler nahm sie schnell ins Visier, sortierte die schönen und sagte: »35 Franken für alle.« Es waren zwei Marder dabei. Mir tat das Herz weh. So viel Arbeit und so viele Stunden auf der Lauer und so wenig wertvoll.

Meine Mutter ist in Cons aufgewachsen, und weil sie am längsten dort gelebt hat, hat sie das Haus geerbt. Als ihr Vater starb, zogen meine Eltern mit meinen beiden Geschwistern nach Vrin-dado. In diesem Weiler vor Vrin wurde ich geboren. Meine Eltern vermieteten das Haus in Cons, bis ich es übernahm, auch als Erbe. Ich wohnte damals noch bei den Eltern und sagte, »ja, ich nehme das Haus, aber dann wohne ich selber darin.« So kam es, dass ich dahin zog. Das alte Haus war nicht isoliert. Vor ein paar Jahren habe ich zusammen mit meinem Schwager die Küche gemacht und mit Schafwolle isoliert. Sie ist schön geworden. Der Ofenbauer, der den Steinspeck-Ofen vergrössert hat, meinte: »Die modernen Frauen wollen alles glatt, aber du wirst noch berühmt mit deiner Küche.« Jetzt wäre die Stube dran, die mit Glaswolle isoliert ist. Gar nicht angenehm, das zu entfernen. Ich schiebe es immer vor mir her. Es gibt viel Arbeit, und ich bin auch oft bei meinem Freund. Mag mein Häuschen trotzdem nicht aufgeben mit seinen Nischen und Geschichten, es passt zu mir. Schreinerarbeiten machen mir Spass. Auch im Gang haben wir isoliert und neu tabliert. Mein Schwager übernahm die Feinarbeit, und wenn er keine Zeit hatte, machte ich alleine weiter. Wenn er kam, um zu kontrollieren, was ich gemacht hatte, fuhr er mit dem Finger um die leicht schrägen Bretter. »Was ist das?« – »Das ist Kunst!« Er lachte.

Letzthin fragte mich eine Freundin, wo ich mich zuhause fühle. Eine gute Frage. Ich glaube, dass mein Zuhause da ist, wo ich gerade bin. Auf der Alp, in Vanescha, in Cons. Aber als ich auf Reisen ging, war ich nach einiger Zeit auch dort, wo ich war, zuhause. Na ja, wahrscheinlich nicht ganz, denn in Mexiko hätte ich für wenig Geld Land kaufen können, aber ich dachte, bis ich die Natur in Mexiko kennen gelernt habe und sie verstehe, das braucht Jahre. Also bin ich in die Berge zurück und war daheim.

November. Nun habe ich gerade noch eine Arbeit erhalten. Nach dem Füttern gehe ich in den Laden im Dorf, am Morgen ein paar Stunden und am Nachmittag. Wann schreibe ich dann? Ich werde sehen. Eins nach dem anderen. Durascháffa, würde ein origineller Vriner sagen, wenn er noch leben würde. Stress macht hässig. Oder, wie eine Freundin mir sagt, Stress macht man sich selber. Auch im Bergdorf gibt es immer mehr Stress. Die jungen Bauern müssen alle neben den Tieren noch einen Nebenjob haben, damit sie über die Runden kommen.

Orsus hat die Hose von Treuia gerissen. Ist wohl etwas passiert? Sie waren alleine, ich weiss es nicht.

Mara war mein erster eigener Hund. Vor ihr hatte ich Senta, Zita und Panzi, sie waren Pachthunde für den Sommer. Als ich den Entschluss fasste, Mara zu kaufen, fragte ich meinen Vater, ob er manchmal nach ihr schauen würde. Er verneinte, aber ich kaufte sie trotzdem. Als Mara dann da war, durfte ich sie im Winter, wenn ich auf Reisen ging – oder wenn ich wegen der Arbeit keine Zeit für sie hatte -, dann doch zu meinen Eltern bringen. Mein Vater schloss sie in sein Herz und gab sie mir sogar sehr ungern zurück. Einmal ist sie in Vanescha aus dem Fenster gesprungen, als sie alleine in der Stube war. Ich war mit dem Heli zur oberen Hütte geflogen mit Salz, Lebensmitteln, Kleidern und Büchern. Sie verletzte sich am Bein, hatte Fieber und ich musste sie zum Tierarzt bringen. Er gab ein homöopathisches Mittel, und langsam erholte sie sich. Ein paar Tage musste ich so ohne Hund hüten. Das merkten die Schafe ganz schnell, und jeden Tag wurde es schwieriger, aber dann kam Mara wieder mit und die Welt war in Ordnung.

Vor drei Jahren dann hatte sie einen Achillessehnen-Riss am ersten Tag auf der Weide. Ich musste mit ihr nach Ilanz fahren. Die Tierärztin meinte: Operieren oder Einschläfern. Dass der Eingriff gelinge, sei nicht sicher. Ich konnte mich nicht zusammennehmen und weinte darauf los, eine Welt brach zusammen. Doch ich wollte noch die Meinung unseres Taltierarztes einholen. Er kam vorbei und untersuchte Mara, als ich auf der Weide war. Ich wusste nicht, ob sie noch leben würde, wenn ich am Abend heimkommen würde. Ja, sie lebte und der Tierarzt schlug vor, dass ich es mit Homöopathie versuchen solle. Gut. Migo, der Hund meiner Schwester, kam mit mir auf die Weide, und Mara erholte sich langsam. Die Schmerzen nahmen ab, und bald schon konnte sie hinkend laufen. Zum Hirtenhund konnte sie sich aber nie mehr erholen. Sie machte zwar noch grosse Touren mit, aber um Schafe zu kehren oder zu holen, war sie zu langsam. Ich vermisste sie, denn Migo konnte zwar schon gut treiben und

Grenze halten, aber zu holen hatte er kein Interesse. Da entschied ich mich langsam für einen Welpen – und für Treuia. Auch sie ein Border Collie wie Mara, reinrassig mit Stammbaum. Die anderen Hunde waren alles Mischlinge. Beim Hüten habe ich mit Borders die besten Erfahrungen gemacht. Mein Problem ist nur, dass ich sie als Welpen verziehe, sie sind ja so süss. Und so muss ich, wenn es ernst wird, doppelt streng sein, damit sie gehorchen. Ich dachte, ich hätte das mit Treuia besser im Griff. Aber auch sie lernte erst zu gehorchen, als sie schon ein Jahr alt war. Bei den Borders fasziniert mich am meisten, dass sie exakt sind und Feinarbeit leisten. Das ist wichtig, vor allem in gefährlichen Gebieten. Denn ein Hirtenhund, der einfach irgendetwas macht, ist lebensgefährlich.

Mein erster Ladentag. Eine Kundin fragt mich: »Was machst du, dass du nie krank wirst? Welche Vitamine nimmst du?« – »Ich laufe viel, und gute Gedanken sind wichtig.« Sie lässt nicht locker. »Ja, und sonst?« – »Rauchen.« Sie schaut mich gross an und sagt »Echt? Nein, das ist nicht gesund!« Doch das mit den Gedanken nahm sie auf und bedankte sich sogar dafür.

Ein Tag geschafft mit Duraschaffa. Es ging ganz gut. Jetzt noch Nachtessen kochen, Maluns, ein Bündner Gericht. Dann mit den Hunden das letzte Mal laufen und schlafen. Herrlich. Es wird wieder eine eisige Nacht, minus 12 Grad ist es schon jetzt am Abend um acht. Doch das Wetter kann ganz schnell wechseln in den Bergen. Die Winde sorgen immer wieder für Überraschungen.

Einmal war ein Reporter vom Radio auf der Ziegenalp. Er wollte im romanischen Sender eine Reportage über Geissen machen. Da die Ziegen auf der Weide blieben, musste ich erst am Nachmittag losziehen. Ich war froh, endlich gehen zu können und dem Reporter nicht begegnen zu müssen. Gabriel, der Senn, war ja da. Am Abend blieb ich extra lange auf dem Berg, doch der Reporter hatte Geduld und wartete. Ich war noch nicht bei der Hütte angelangt, als er schon mit dem Mikrofon auf mich zukam. Ich weiss nicht mehr genau, was für Fragen er alles stellte, nur eine ist mir geblieben: »Warum zieht es dich jeden Sommer auf die Alp?« Ich sagte: »Es bedeutet Freiheit für mich.« Er fragte weiter: »Freiheit, wenn du Zeiten einhalten musst, jeden Tag melken, immer da sein?« Da war ich sprachlos. Die Freiheit, die ich fühle, hat keine Worte.

Meine Mutter verfügt über meine Konten und bezahlt für mich die Rechnungen, die im Sommer fällig sind. Meine Freiheit besteht darin, dass ich deswegen nicht ins Dorf muss und praktisch den ganzen Sommer kein Geld oder Karten in der Hand habe. Eine Wohltat. Diesen Sommer erhielt ich 50 Franken per Post auf die Alp. Briefe oder Pakete bringt meine Schwester bis Vanescha, legt sie in die Hütte, und ich hole sie irgendwann. Oder Besuch bringt die Post bis Scharboda. Da ich den Geldbeutel daheim vergessen hatte, fand der 50-Franken-Schein einen Platz in der homöopathischen Apotheke, und da war er noch vor einer Woche, als ich ein Mittel brauchte. Jetzt im Dorf kann ich ihn gut gebrauchen.

Vielleicht ist meine Freiheit auch eine Freiheit, wie sie die Gemsen fühlen. Denn ich habe kein Bedürfnis nach Dorf oder Stadt. Ich kaufe vor dem Sommer so viel ein, dass auch der Einkauf wegfällt. Das ist wohl eine extreme Neigung von mir, denn ich kenne keine anderen Hirten, die nie ins Dorf zum Einkauf gehen. Ach doch, die Marion. Dafür machen wir aber gerne Ausflüge in die Berge.

Die Kleidung muss funktionell sein. Wasserdicht, wenn es warm ist, leicht. Das Wichtigste aber sind gute Schuhe, Stecken und Feldstecher. Der Hirte muss nur sich selber und den Tieren gefallen, und die legen keinen Wert auf Mode und den letzten Schrei. Wenn der Hirte gut zu den Tieren ist, ist das Tier gut zum Hirten.

Termine gibt es auch auf der Alp. Tiere und Tage bestimmen sie. Und doch bin ich dabei frei. Ich kann die Tage gestalten, wie ich will. Ich darf die Tiere so hüten, wie es mir gut scheint. Jeder Hirte hütet anders. Und niemandem kann man es recht machen. Doch solange ich die Meinungen anderer nicht höre, bin ich frei wie ein Vogel. Ich habe meine Idee und andere ihre. Ich sammle Erfahrungen und versuche, aus ihnen das Beste zu machen. Meine Sorge ist das Wohl der Tiere, vor allem während der Alpzeit. Ich zweifle auch oft, ob ich es richtig mache.

Was würde ein Psychoanalytiker zu meiner Freiheit sagen? Schon die Frage engt ein. Bestimmt würde er einen Knacks feststellen. Für mich ist die Alp ein Eintauchen in die Natur, ich werde selber zur Natur. Es ist ein zu mir selber Kommen. Natürlich gibt es viele Menschen in der Umgebung, die mein Leben in Frage stellen. Als ich letzten Herbst erst im November aus Vanescha raus gekommen bin, hörte ich, was die Leute so erzählen. Bis Ilanz ging das Gespräch über diese Frau, die ewig lang in der Wildnis lebt. Ich musste fast lachen. Dachte, ich bin da alleine, sehe kaum einen Menschen und sorge trotzdem für Gesprächsstoff. Abgeschieden und doch im Zentrum.

Heute waren Orsus und Treuia ineinander gefangen. Nun ist es doch passiert – es murkst mich. Hätte ich nur die Hose angezogen heute Morgen. Jetzt ist es zu spät, der Trieb war stärker.

Im Dorf und in den verschiedenen Weilern gibt es die tabla nera, das schwarze Brett, auf dem die Nachrichten verkündet werden. Zum Beispiel, dass der Laden neue Öffnungszeiten hat. Heute gab's deswegen eine Diskussion im Laden. Eine Frau meinte, auf die tabla nera schaue sie nicht mehr. Ich antwortete: »Nächstes Mal werden die Angaben im Internet publiziert.« Eine Jüngere war begeistert, zwei ältere Damen waren dagegen.

Geschichtenerzähler kenne ich aus Büchern und aus Vanescha. Wir, die wenigen Einwohner, sassen am Abend beim Ältesten in der Stube. In den 28 Jahren, in denen ich hier bin, haben die Ältesten gewechselt. Zuerst gingen Zelistin, Emil, mein Vater und ich zum Sep Antoni, der Solarlicht hatte. Danach waren Emil und ich beim Zelistin. Jetzt sind wir bei mir, und Emil kommt, obwohl er älter ist. Beim Zelistin waren es die Jagdgeschichten, die ich besonders mochte. Verwandtschaften waren Emils Lieblingsthema. Zelistin durfte den letzten Adler schiessen, bevor sie geschützt wurden. Die Frauen schauten, als ich mit dem Adler auf dem Rücken durchs Dorf lief. Sie hatten Angst vor seinen Krallen.

Oft habe ich die Adler beobachtet. Auf dem Geissenberg konnte ich mit dem Feldstecher ihren Horst sichten. Ich sah, wie der weiss geflügelte Kleine die ersten Flügelschläge machte. Plötzlich war er dann grösser als die Eltern und machte seine Erfahrungen. Einmal fand ich auf der Weide eine Feder, die wie eine Blume da stand und noch fast körperwarm war. Das sind grosse Geschenke für mich.

Auf der Alp habe ich eine kleine Solarlampe, aber Kerzen gehören für mich mit dazu. Im ersten Sommer auf der Schafalp hatte ich dünne Kerzen mit dabei, die mehr Licht als alle anderen spenden, aber mir fehlte der Kerzenständer. Auf dem Weg nach Puozas fand ich einen Stein mit einer Vertiefung, die für die Kerzen genau passte: Ein kleines wunderbares Wunder und schön. Steine faszinieren mich. Die von Erosionen geprägten Formen, die Klarheit der Kristalle, ihr ewiger Schimmer. Als eine Freundin bei mir war, sagte sie, als wir durch einen Steinweg liefen: »Dieses Glitzern der Steine, das ist speziell auf deiner Alp.« Sie hat Permafrost verloren, die Steine haben sich gelöst und sind zu Tale gepoltert. Es ist eine steinreiche Alp.

Es gibt ein paar mystische Orte da oben. Du läufst über riesige Steine und hörst irgendwo in der Tiefe Wasser rauschen. Da liegt ein See, umringt von Schnee, die sanften Wellen schimmern in der Sonne. Manchmal löst sich ein Stein. Winzige Blumen in rezenten Farben erzählen von Liebe.

In Vanescha fühlen sich nicht alle wohl. Zum Beispiel die Bauern von Puzatsch. Ihr Maiensäss ist nicht so weit weg vom Dorf und nicht so wild und abgelegen. Sie haben mehr Betrieb. Aber auch dort sind die Originellen fast ausgestorben, wie in Vanescha auch. Im Frühling sind es mein Vater, Emil und ich, und im Herbst nur noch Emil und ich, die da wohnen. Einmal am Tag kochen wir auf dem Feuer, mal Emil, mal ich. Unsere Häuser sind nebeneinander gebaut, und so rufen wir uns durch die Wand zum Mittagessen oder Abendessen. Wir helfen einander auch bei den Arbeiten, die anstehen. Abzäumen, Kühe, die stierig sind, zum Besamen in den Stall bringen und so weiter. Früher, als noch Milchkühe da waren, haben wir beim Linus in der Küche gekäst und Butter gemacht. Jetzt haben wir nur noch meine Milchziegen, die uns Milch schenken, und daraus gibt es Vollmilchzieger, keinen feinen Rahm mehr wie von Milchkühen.

Meine Mutter hat wieder Schmerzen in den Gliedern.

Als Kind sah ich beim Heuen, wie meine Mutter während des Mähens mit der Sense immer wieder Kräuter in den Sack steckte und daraus später für uns Tee kochte. Wenn ich hüte und das Wetter trocken ist, bin auch ich am Sammeln. Die beste Zeit dafür ist im Mai, dann sind die Kräuter zart und voller Saft. Danach werden sie getrocknet, und im Winter gibt es Tee. Manchmal schaue ich auch auf den Mondstand. Wenn ich die Kräuter in Gläser fülle, muss der Mond abnehmend sein, sonst besteht die Gefahr, dass sie im Glas verfaulen. Es gibt auch Kräuter, die erst im Sommer gedeihen, wie Johanniskraut. Diesen feinen Tee zu trinken, hilft gegen Wehmut. Im Herbst kommt dann die Schafgarbe, die sich auch als Kaugummi eignet. Ein wenig bitter hilft sie gegen Kopfschmerzen und Magenleiden. Mit Iva, einem seltenen Kraut, das erst über 2000 Meter gedeiht, kann man grünen Schnaps machen. Er ist gut für den Magen und zum Trinken. Eine Wiese hatten wir ganz oben, da hatten wir Edelweiss in Scharen gemäht. Mmh, was für ein Dessert für die Ziegen im Winter!

Doch dann kam die Melioration, bei der viele zerstreute Felder zusammengelegt wurden. Jetzt gibt es nur noch grosse Felder und der Stress hat zugenommen. Auch die Bauernhöfe waren früher kleiner. Das Heu wurde in die höher gelegenen Ställe gebracht, und die Bauern gingen im Winter hoch zum Füttern. Oft schliefen sie in den Ställen mit den Tieren bis Januar oder Februar, erst dann kamen sie zurück ins Dorf. So auch mein Vater. Irgendwie war alles viel härter, und doch hatten die Menschen mehr Zeit. Damals ergab sich immer ein Gespräch mit den Nachbarn. Im Winter beim Futtern versammelten sich die Bauern am Abend in einer Hütte und kochten zusammen, oder sie sassen in einem Stall und erzählten Geschichten. Heute herrscht ein Riesenkrach auf den Feldern, es werden immer grössere Felder gemäht, und Zeit zum Plaudern gibt es nicht. Die Maschinen helfen sehr, und doch muss alles schnell gehen. Der Hit ist der Föhn. Man trägt den Motor wie einen Rucksack auf dem Rücken, und ein Blasrohr fördert das Heu auf steilen Hängen zu Tale. Der stille Rechen wird nur noch für die Feinarbeit gebraucht. Der lärmende Föhn wühlt Insekten auf. Wir vergessen, dass wir die Natur für unser Überleben brauchen, und gehen schonungslos mit ihr um. Die Arbeiten scheinen jetzt leichter zu sein, und doch ist mehr Stress da denn je. Tausend Gesetze bestimmen die Arbeit der Bauern. Du musst so und so viel Hektar heuen, so und so viele Tiere haben, damit sie vom Staat oder Kanton unterstützt werden. Viele Leute schimpfen über diese Subventionen, und doch leben sie davon. Denn Milch und Fleisch geniessen auch die meisten Angestellten. Sie haben Ferien und freie Tage. Die Bauern nicht.

Obwohl ich keine Unterstützung erhalte, muss ich meine Tiere markieren. Ohne die entsprechenden Papiere kann ich sie nicht zum Metzger bringen. Die Landwirtschaft ist so kompliziert geworden. Alles ist Gesetz und Bürokram. Kein Wunder, dass es immer mehr Krankheiten bei Mensch und Tier gibt, psychische und physische. Wir haben unsere Erde ausgebeutet, verunstaltet und respektlos behandelt. Wegen dem Geld, dem Übel unserer Gesellschaft. Für Geld würden einige ihre Seele verkaufen. Oder ihr Trinkwasser.

Nun muss ich mich kämmen und zurechtmachen für den Laden. Eine flotte Erscheinung ist wünschenswert, ich habe es ja mit Menschen zu tun.

Einen Nachmittag frei. Oder doch nicht, ich räume auf, was zurückgeblieben ist. Nun ist der Nachmittag schon fast vorüber. Der Abend steht noch aus. Jetzt habe ich einen viel zu heissen Kräutertee gemacht und sollte wieder in den Stall. Die Schafe sollen warten und Treuia auch, bis der Tee trinkbar ist.

Emil und ich im Herbst. Wir gehören zum Weiler, sind beide sehr verschieden, und doch ist es ein Zusammenspiel, wenn wir da sind. Er holt bei mir die Milch, manchmal holt er auch die Ziegen, wenn ich nicht da bin zum Melken. Manchmal schimpfe ich mit ihm. Wie damals, als ich fast Krach bekam wegen Mara. Sie war jung und spielte mit den Kälbern. Ich brauchte meine ganze Energie, um Mara zu verstehen und ihr das Folgen beizubringen. Da stand unser guter Emil am Fenster und gab komische Tipps. Ich sagte, du hast keine Ahnung von Hunden, und deine Meinung ist nicht erwünscht. Er machte abrupt das Fenster zu. Wir hatten aber auch ganz lustige Momente.

Emil fütterte seine Tiere in Foppa – oberhalb Vanescha. Zelistin und ich waren bei den Ställen in Vanescha. Zelistin war immer der erste am Morgen. An einem Tag aber war kein Licht in seinem Stall, als ich zum Futtern ging. Zuerst ging ich zu seiner Hütte, alle Läden zu. Ich machte mich mit Steinen bemerkbar. Keine Reaktion. So gab ich den Kühen erstmal Heu. Danach ging ich wieder zu seiner Hütte. Ich stand gerade vor dem Fensterladen, als der Inhalt des Urintopfes aus dem Fenster floss. Ich hatte Glück, nicht getroffen zu werden. Ach, eine Erleichterung, Zelistin war aufgewacht! So ging ich zurück in den Stall und machte meine Arbeit. Er hatte mich nicht gesehen. Als Zelistin dann von der Hütte hinauflief, hatte er den Pullover verkehrt herum angezogen, war aber wohlauf. Er lachte und sagte, »jeu vai durmiu o.« – »Ich habe verschlafen.«

Ich träumte vor mich hin und dachte darüber nach, ob ich am nächsten Tag auf das Frunthorn sollte oder zum Tumpiv. Skitouren, zu denen ich eingeladen war. Auch Bilder von der heutigen Tour kamen hoch, die von Vanescha nach Blengias und von dort nach Zamuar geführt hatte. Nun, ich träumte in Gesellschaft, neben mir sass eine sehr liebe Frau und ein paar Stühle weiter zwei weitere Frauen. Plötzlich hörte ich eine sagen: »Träumst du von Vanescha?« Ich gab keine Antwort. Nochmals im Echo: »Träumst du von Vanescha?« Wieder gab ich keine Antwort. Meine Träume gehören mir und handeln nicht nur von Vanescha.

Am nächsten Tag zu fünft auf den Tumpiv, eine vierstündige Tour. Das letzte Stück sehr steil, und zum Gipfel muss man klettern. Beim Hinauflaufen hatte es starken Wind, aber – interessant – auf dem Gipfel war Windstille. Danach eine herrliche Abfahrt, und in Brigels gingen wir zum Kaffee. Skitouren verbinden, nach einer gelungenen Tour sind alle glücklich. Wir hatten es lustig. Silvio kam im Gespräch auf den geplanten Naturpark Adula, zu dem auch Via gehören würde. »Ja, wie seht ihr den Park?« Ich sagte: »Wir spielen dann die Affen, wenn er kommt!«

November. Ein wunderschöner blauer Himmel am Morgen. Die Wangen röten sich. Eine halbe Stunde Zeit für mich, wie ich das geniesse.

Letzthin sprach ich mit meinem Bruder in Los Angeles. Kaum zu glauben, diese Verbindung über den Ozean. Wir leben in einer verrückten Welt, meint er, rennen von Termin zu Termin, und die Zeit für die Familie kommt zu kurz.

Vor ein paar Tagen hatte ich im Radio gehört, dass die Leute Schlange stehen, um die ersten iPhones zu kaufen. Und ich, zuhinterst im Tal, sah das erste schon wenige Tage danach.

China, Shanghai. Oj, für eine Berglerin schon fast ein Kulturschock. Vor über zehn Jahren war ich dort. Damals sprachen nur wenige Chinesen Englisch, und als Fortbewegungsmittel gab es vor allem Velos. Die ganze Nacht fuhren alte Lastwagen. Die Metro war immer voll, wir fühlten uns wie Sardinen in der Dose. Im Zug hatte es weniger Menschen. Der Abfall wurde einfach auf den Boden geworfen, und ein Arbeiter sammelte ihn dann mit dem Besen ein. Ebenso in den Restaurants. Da lachten sie uns aus, wenn wir die Gräten der Fische schön auf dem Teller stapelten. Wir vier Schweizer wohnten im Hotel und tagsüber lernten wir im Spital Akupressur. Am Vormittag Diagnose, am Nachmittag Tuina Massage. Da ich China nur von der Akupressur her kannte und uns in Zürich ein chinesischer Arzt geschult hatte, der sehr gut war, ging ich mit der Vorstellung nach China, nur Heilige anzutreffen. Der Traum war schnell geplatzt, es waren auch Leute wie wir. Und so viele! In diesem einen Monat sah ich ein paar Ausländer im Spital – und sonst nur Chinesen. Europäer gab es nur in den Schaufenstern.

In der freien Zeit sassen meine Kollegin und ich oft in Parks. Die Chinesen machen dort oft Chigong. Einmal war einer ganz in Weiss gekleidet, und ich konnte sehen, wie die Energie floss. Seine Bewegungen in vollkommener Harmonie waren wunderschön. Also gibt es doch Heilige.

Kaum sassen wir auf einer Bank, waren Chinesen um uns herum und starrten uns an. Einmal redete ein alter Mann mit uns, er hatte Englisch im Radio gelernt. Ansonsten war es ja verboten, die englische Sprache zu beherrschen. Eine alte Frau mit kleinen Füssen fiel mir auf. Ich las danach in einem Buch über diese extrem schmerzhafte Prozedur. Die Frau hatte Mühe zu laufen. Kein Wunder – und das galt als Schönheit.

Meine Kollegin und ich hatten ein Stammrestaurant, wir durften in der Küche wählen, was wir essen wollten. Die Leute waren sehr nett. Die Fische kamen direkt aus dem Aquarium in die Pfanne. Leider schloss das Restaurant, bevor wir abreisten. In einem anderen waren sie dann nicht so nett. Es war amerikanisch ausstaffiert, und den echten chinesischen Reis, der so fein schmeckt, brachten sie uns gebraten, und mit dem Preis gingen sie jedes Mal höher.

Auch auf den Märkten waren die Äpfel plötzlich ganz teuer. Die Märkte waren sehr speziell für uns Europäer, es gab dort so viele verschiedene Kreaturen von Tieren im Angebot. Schlange schmeckt übrigens gut.

Einmal hatten wir drei Tage frei. Wir planten eine Tour mit dem Schiff, die wir im Reiseführer gesehen hatten, und so gingen wir zum Bahnhof, um die Billette zu holen. Da standen schon viele, viele Menschen und warteten. Wir warteten auch einen Moment und sahen dann, dass wir keine Chance hatten, Billette zu kriegen und noch zurück zum Hotel zu laufen und unsere Sachen zu holen. Die Zeit war zu knapp. So gaben wir es auf. Ich glaube, wir hätten einen Tag gebraucht, um ein Billet zu kriegen. Wir machten dann eine kleinere Tour mit dem Zug. Im Hotel schrieb man uns unseren Zielort auf Chinesisch auf einen Zettel. Wir mussten einfach darauf vertrauen, dass sie unseren Wunsch in chinesischer Schrift schrieben. Es klappte.

Es war ein erlebnisreicher Monat, und die Tuina Massage ist das Beste, was ich heimgebracht habe. Meine Schwester ersparte sich dank ihr eine Diskushernie-Operation. Nach der Reise kam ich zurück und ging zwei Tage danach mit den Ziegen auf die Weide. Ich war wieder in meiner Welt.

Früher war ich im Winter noch nicht so gefragt wie heute im Dorf, und so blieb mir Zeit für spontane Reisen. In einer Zeitschrift sah ich ein Inserat: Zehn Tage mit Kamelen unterwegs in Marokko (Sahara). Da ich sehr spät dran war, musste ich einen extra Flug nehmen. Ich fuhr mit dem Zug nach Genf. Dort am Flughafen beobachtete ich die Menschen und fand ziemlich schnell heraus, wer sonst noch mit auf diese Reise kam. Doch wir machten uns erst in Marokko miteinander bekannt, als die Reiseführerin, auch eine Schweizerin, uns abholte.

Am nächsten Tag ging es schon los. Eine Karawane stand für uns bereit. Jeder bekam ein eigenes Kamel. Man durfte auf ihm reiten oder auch neben ihm laufen. Und prompt kam ein Sandsturm auf. Wir montierten das Zelt und mussten abwarten, bis der Sturm sich legte. Zehn Menschen, die einander fremd waren, sassen im grossen Zelt, sodass sich ziemlich schnell Freundschaften ergaben. Ein einziger Mann war dabei mit seiner Frau. Unsere Führer waren die Schweizerin mit ihrem jüngeren marokkanischen Mann und einige Berbernomaden. Sie bekochten uns wunderbar. Doch alle waren froh, als sich der Sturm beruhigte und wir unsere Reise fortführen konnten. Ich genoss den Ritt durch die Wüste sehr. Einmal lief mein Kamel einfach darauf los, die anderen waren weit hinter mir, doch keiner rief, und so liess ich es laufen und kam an einem Brunnen an. Das Kamel wusste genau, was es tat. Ein Berbernomade sagte zur Führerin: »Die schaut aus wie eine Ziegenhirtin, so wie sie beobachtet und läuft.«

Von dieser Reise nahm ich einen Rucksack voller Steine mit. Es gab Fossilien und Augen in den Steinen, versteinertes Holz. Die Wüste besteht nicht nur aus Sand, es gibt auch die Steinwüste und kleine Berge, Akazien, Gazellen, von denen wir leider nur Spuren gesehen haben. Das Gespräch kam immer wieder auf die gefährlichen Skorpione. So gingen eine Lehrerin und ich auf Skorpionsuche. Wir kehrten viele Steine um und schauten drunter, bis wir in der Nähe unseres Lagers fündig wurden. Alle knipsten Fotos.

In der Nacht schliefen wir meistens im Freien. Nur einer, er war Psychiater, schlief immer im Zelt und nahm sich den besten Platz, sobald das Zelt stand. Die, die das Zelt aufbauten, bekamen die weniger guten Plätze. Ja, auch darum schlief ich gerne im Freien. Einmal nahm der Psychiater den ganzen Mut zusammen und schlief im Freien. Am nächsten Tag erzählte er von seinen Todesängsten. Ich dachte für mich, oh weh, wer zu dem geht, wird sicher kränker, als er schon war.

Meine Devise war: Schnell einschlafen, dann merkt man nicht mehr, was so über einem rumkrabbelt. Einmal weckte mich meine Nachbarin, als die Kamele einen Liegeplatz suchten. Doch die Berber waren schon auf, um sie wegzuführen. Sie banden ihnen die Beine zusammen, damit sie nicht zu weit davon liefen, auch über Mittag. Doch einmal, als wir aufbrechen wollten, war mein Kamel nirgends zu finden. Genau an dem Tag war mir zum Reiten zumute, und so bestanden die Berber darauf, dass ich auf das Kamel sitzen sollte, das schon mit Gepäck geladen war. Hinaufgeklettert, sichtete ich das entlaufene Kamel. Ich zeigte es ihnen, und sie holten es wieder ein. Am Abend waren die Kamele am ganzen Hals vollgeklebt mit riesigen Zecken. Wir wollten sie schon entfernen, da sagten die Berber, die Raben würden sie holen. Und wirklich, am Morgen war keine einzige Zecke mehr da.

Die Berber verstanden nicht, wie wir die Kamele so lieb gewinnen konnten. Sie haben ein nicht sehr enges Verhältnis zu Tieren. Und doch nahm ein Berber den streunenden Hund zu sich nach Hause mit, der uns die ganze Woche begleitet hatte. Das Kamel ist mir ans Herz gewachsen, und ich hätte es gekauft, wenn ich es nicht einer so grossen klimatischen Veränderung hätte aussetzen müssen. Es gibt freilich auch Kamele im arktischen Klima, wie ich später gelesen habe.

Diese zehn Tage taten meiner Seele gut. Das Klima war angenehm, es war Februar, März. Immer war ein Wind da. Die Wüsteneinwohner verstanden nicht, wie man die Wüste lieben konnte. Ja, für sie ist sie natürlich viel härter. Sie haben keine Reiseführer, die ihnen Wasser und Proviant servieren. Und doch hat es mich immer wieder gereizt, eine Zeitlang bei den Einheimischen zu leben. Als Tourist bekommt man nie alles mit, man bleibt der Aussenseiter, der Fremde, der Geld hat, vor allem wenn man Schweizer ist. Für die Berber war es unvorstellbar, dass eine Ziegenhirtin eine solche Reise finanzieren konnte. Die vielen Ziegenhirten in Marokko verdienen ausser der Milch wahrscheinlich nichts.

Libyen. Zwei ältere Ehepaare luden mich zu dieser Reise ein, die mitbekommen hatten, dass ich eine Schwäche für die Wüste habe.

Libyen hatte sich noch nicht lange für Touristen geöffnet. Mein erster Fehler: Ich nahm eine Flasche Schnaps mit, abgefüllt in einer Plastikflasche. Er sollte dienen, wenn das Essen auf den Magen schlagen würde. Wir hatten einen Flug von Zürich nach Frankfurt, wo wir umsteigen mussten. Als wir fünf da warteten, berichtete ich vom Schnaps. Sie sahen mich an und sagten: »Wenn du hinter Gitter kommst: Drei Tage warten wir, dann ziehen wir weiter.« Dankeschön. Der Schnaps befand sich im grossen Gepäck, und so war es zu spät ihn zurückzulassen.

In Tripolis holte uns unser Führer ab, und so kam ich mit dem Schnaps ins Land. Am Abend versammelten sich meine vier Gefährten um mich und fragten, ob sie einen Schluck haben dürften. Wir genossen alle dieses Ritual. Der kleine Wüstenzwerg, wie ich ihn nannte, hatte Mon Chérie dabei, im Land, in dem Alkohol verboten ist. Der Wüstenzwerg war ein grosser stämmiger Mann. Doch verglichen mit der Wüste, ist er nun einmal ein Zwerg.

Die Reise begann mit einer langen Jeepfahrt. Wir fuhren den ganzen Tag durch Dörfer und karge Landschaften, bis wir zur Sahara kamen. Ich war fix und fertig.

Wir hatten acht Führer und drei Jeeps. Einer war mit der Küche ausstaffiert, in den anderen zwei sassen wir und die Führer. Nur einer konnte Englisch. Mir wären Kamele lieber gewesen, doch dies war wieder eine neue Erfahrung. Die Strecken waren weit, wir fuhren durch riesige Dünengebiete, dann kam plötzlich eine Oase, wo Sträucher um einen See wuchsen. Es gab Füchse und Vögel. Dann waren wieder markante Steine in der Gegend zerstreut, am Mittag sahen wir Fata Morganas.

Ich lachte gerne und half mit, wenn die Führer Holz fürs Feuer brauchten. Für den arabischen Mann sind das Zeichen, dass die Frau ihn liebt. Oje. Meine Kollegen stellten Zelte auf, ich schlief im Freien. Ich fühlte mich dort sicherer, denn die Führer würden einander beobachten. Am Morgen war mein Schlafsack mit Reif überzogen. Wäre es nach mir gegangen, hätten wir immer im Freien übernachtet, aber da der Oberführer die Wüste hasste, suchte er immer wieder Hotels auf. Da musste ich dann wieder schauen, dass ich mein Zimmer gut verschloss. Ich fühlte mich nie wohl im Hotel. Mir war der Sternenhimmel lieber.

Fünf Wochen waren wir unterwegs. Einmal kamen wir an einem kleinen Dorf vorbei. Ich lief alleine an einen See. Schwarze Frauen in bunten Gewändern wateten im See. Sie suchten Würmer für das Essen. Als sie mich erblickten, kamen sie auf mich zu und wollten, dass ich auch mit ihnen ins Wasser komme. Ich tat das nicht, aber wir kommunizierten mit Händen und Zeichen, eine schöne Begegnung. Die einzige Begegnung mit Frauen in diesem Land.

Dann fuhr ich Sandski, der Oberführer kam mit, und die anderen hatten das Gaudi, wie er ständig im Sand lag.

Einmal ging ich mit ihm auf den Markt. Ich fragte ihn zuvor, ob auch Frauen da wären. Er sagte ja, aber es waren nur zwei Schwarze hinter einem Stand, die Ware verkauften. Ich fühlte mich miserabel in dieser Männerdomäne. Die Frauen sind unter sich, die Männer auch. Ich hatte das Gefühl, dass eine europäische Frau automatisch als Hure gilt. Wir sind nicht verschleiert, schauen den Menschen in die Augen, und das ist in dem Land falsch.

Trotzdem war es eine sehr interessante Reise, aber ich genoss es auch, wieder in der Schweiz zu sein. Mein Schwager holte mich in Ilanz ab, in einem Dorf tranken wir Kaffee. Der runde Tisch war voller Männer und es war normal, dass ich als Frau auch da war. Eine grosse Erleichterung. Daheim bin ich oft in Männergesellschaft.

Dezember. Unerwartet habe ich einen freien Nachmittag. Der Himmel ist blau, die Sonne ist schon untergegangen. Die Tage sind eben kurz. Heute kommt der Samiklaus. Die Jugendmannschaft organisiert dieses Ritual und zieht von Haus zu Haus. Alle kriegen Nüsse und Mandarinen, ein Schmutzli mit der Kasse kriegt einen Batzen.

Es gibt Freunde in meinem Leben, mit denen ich nächtelang Gespräche führen kann, ohne über Leute herzuziehen. Das sind reiche Gespräche. Über Menschen herziehen macht müde und krank. Versuchen doch alle, auf ihre Art das Beste zu machen. Harmoniesüchtig? Ich mag keine Unstimmigkeiten.

Einmal fragte mich ein Strahler auf der Alp, was mir da oben fehlen würde. Ich überlegte, fand aber nichts. Heute fehlt mir mein Freund, es ist aber eine süsse Sehnsucht.

Nun ist es Zeit, in den Stall zu gehen.

Heute brauchte ich lange im Stall, schon wieder ist das Wasser eingefroren, musste mit dem Schlauch hantieren. Dann Heu rüsten. Ich vertrage schlecht den Heustaub, so trage ich nun eine Maske. Schöne schwarze Ränder sind am Gesicht festgeklebt. Ohne die Maske wäre alles in meiner Lunge.

Als Gabriel und ich auf der Ziegenalp am Abend vor dem Melken einen Kaffee tranken, sagte er plötzlich zu mir: »Hast du dich geschminkt?« Ich schaute verwundert: »Nein, warum?« – »Es sieht so aus.« Ich ging zum Spiegel, und tatsächlich umrahmte ein feiner schwarzer Strich meine Augen, wie geschminkt. »Habe heute am Grat nach Kalzit gegraben und der Wind blies mir ständig Erde ins Gesicht, davon kommt die Schminke.«

Zacharias war ein Engel auf Erden. Er hatte das Down-Syndrom und konnte ins Innerste eines Menschen sehen. Nur elf Jahre verbrachte er auf unserer Erde, und in dieser Zeit brachte er so viel Licht. Dann hatte er einen tödlichen Unfall, aber sein Licht leuchtet heute noch in den

Herzen derer, die ihn gekannt haben. Er strahlte so viel Freude aus, er war einfach. Er ist es noch.

Auf der Heimfahrt holte ich heute für eine Nachbarin Brot, das beim Bäcker bestellt war. Am Morgen, als ich vom Füttern zurückkam, hatte ich im Gang eine Tasche gefunden. Schon so früh jemand da? Ich sah hinein und fand ein frisches Brot aus dem Holzofen und frischen Kuhrahm. Welche Freude, so ein feines Geschenk von einer anderen Nachbarin. Sie hatte am Tag davor mit zwei anderen Nachbarinnen Brot im grossen Holzofen im vorderen Teil von Cons gebacken. Ein schönes Bild, wie sie mit den noch teigigen Leibern auf den Brettern durch den Schnee zum Ofen laufen. Sieben bis acht Brote sind jeweils auf einem Brett. Ich trat in die Bäckerei ein, die Ladenbesitzerin kam frisch von den Ferien in Ägypten an die Theke. Ich sah den Grittibänz mit Pfeife. »Das ist Lori«, sagte ich, wir lachten. Wir kennen beide Lori. Nun, ich kaufte den Lori und legte ihn bei meinem Freund in die Vorratskammer, nur halb ausgepackt. Am Abend, nachdem der Samiklaus uns beim Nachtessen überrascht hatte, fiel mir der Grittibänz ein. Ich sagte zu meinem Freund: »Erschrick morgen nicht in der Vorratskammer!« Natürlich nahm ihn das wunder. Er öffnete die Tür, sah lange rein und meinte, er sehe nichts. Dann plötzlich: »Aha, hast du Ziegen, die mehr Milch geben?« Es waren mehr Tetrapackmilch als auch schon. Wir lachten, er schloss die Tür. Ich sagte: »Nein, das ist es nicht.« Er öffnete wieder die Tür, ich sagte: »weiter oben.« Er sah ihn. Uns taten die Bauchmuskeln weh beim Lachen. Ein wirklicher Samiklaustag. Lachen tut so gut.

Die Ziegen sind kalt, darum die Tetrapackungen. Ziegenmilch schmeckt mir besser. Es gibt damit den besten Milchreis, erklärte ich heute unserer Lebensmittelverkäuferin. Sie mag aber keinen Milchreis.

Sonntag. Es ist richtig warm geworden in der Nacht, die Temperatur ist jetzt minus vier Grad. Da es am Abend minus 13 Grad war, habe ich die Türen bei den Schafen geschlossen. So war heute das Wasser getaut und Gestank im Stall. Diese Temperaturschwankungen sind nicht gesund.

Der Föhn tanzt. Die Vollmondnacht in Vanescha war neblig, mystisch. Emil war auch noch da. Er liess am Abend meine Hunde ins Freie, bevor er zu Bett ging. Ich fuhr mit Freunden nach Disentis ans Konzert einer romanischen Rockgruppe. Den Schlüssel der Hütte liess ich bei der Türe. Um zwei Uhr morgens, als mich meine Freunde nach Vanescha brachten, war er weg. Ich stieg durch das Fenster in die Hütte und bat meine Freunde zu warten, falls jemand drin wäre. Ich fand nichts. Sie fuhren nach Hause. Da ich die Türe von innen geöffnet hatte, konnte ich sie nicht mehr schliessen. Ich schlief trotzdem gut. Am Morgen versorgte ich die Tiere und fragte Emil nach dem Schlüssel. Er sagte, er hätte ihn zurückgelegt, nachdem er die Hunde versorgt hätte. Der Schlüssel blieb verschwunden. So bat ich Teodor, einen Schreiner, der auch eine Hütte in Vanescha besitzt, mir ein neues Schloss zu montieren. Er kam und fragte, was passiert sei. Ich erzählte es ihm und fügte hinzu: »Vielleicht waren es die Geister?« Er hielt bei der Arbeit inne und sagte: »Dann verschwinde ich aber.«

Im Frühling, als mein Vater im Heustadel Ordnung machte, fand er den Schlüssel unter einem Sack mit Heublumen. Das Rätsel ist heute noch nicht gelöst. Wer war es und warum?

Mein Lieblingsberg, Pez Scharboda, hat das Gesicht eines Indianers. Gabriel, der Hirte von Patnaul, und ich sassen unterhalb der Fuarcla am Reden, als wir einen Wanderer mit rotem Rucksack sichteten. Er lief den Grat entlang, und ich sagte noch zu Gabriel: »Der kommt heute Abend bei meiner Hütte vorbei.« Er kam aber nicht, und ich hatte ihn auch vergessen. Am nächsten Tag, als ich auf der Wiese unterwegs war, bekam ich einen Anruf von einem Mitglied der Rettungskolonne, bei der auch ich dabei bin. »Hast du gestern jemanden mit rotem Rucksack gesehen?« – »Ja, der lief ziemlich zielbewusst den Grat entlang.« Der Mann war am Abend nicht heimgekommen. Die Familie hatte eine Rettungskolonne und die Rega benachrichtigt. Aber die Rega fand ihn nicht. So wurden wir aufgerufen. Also liefen wir in Gruppen in verschiedene Richtungen. Es schneite leicht. Auch eine Wahrsagerin wurde eingeschaltet. Sie meinte, er würde noch leben, hätte kalt und wäre in einer Schafalp mit Steinzäunen. Super, sehr genau. Wir fanden Spuren am ersten Tag, doch keinen Mann. Es wurde intensiv gesucht, und die Wahrsagerin kam auf immer verrücktere Ideen, sie führte uns immer wieder in die Irre. Ein gesunder Menschenverstand wäre nützlicher gewesen.

Eine Gruppe fand am ersten Tag einen toten Steinbock, den sie dem Wildhüter meldeten. Am dritten Tag brachen wir Richtung Pez Scharboda auf, wir waren nicht weit oben, als die Funkmeldung kam, dass der Wildhüter einen Schuh gesichtet hatte, ganz in der Nähe des Steinbocks. Die Rega flog dorthin und fand die Leiche des abgestürzten Mannes. Den Sturz konnte er nicht überlebt haben. Die Kollegen der Rettungskolonne zogen ab, nachdem sie mir all ihre feinen Esswaren, die sie im Rucksack hatten, zurückgelassen hatten. Als sie weg waren, fiel die Spannung von mir ab, und ich weinte schonungslos. Mein Lieblingsberg hatte einem Mann das Leben genommen. Ich kannte ihn nur flüchtig, und doch war er mir, während wir ihn suchten, total nahe gewesen.

Nun, ich war noch nie auf dem Piz oben gewesen. Es hatte ein Schatten über ihm seit diesem Ereignis gelegen. Eines Tages sagte ich mir: So, jetzt steige ich hoch, um wieder Frieden zu schliessen. Ich ging vom Pez Capiala hinauf, wo auch der Mann gewandert war. An dem Ort, wo er abgestürzt war, musste ich mich sehr zusammen nehmen, die Platten dort sind sehr ausgesetzt. Doch ich schaffte den Berg. Die Frühlingsblumen waren im August in schönster Pracht, am Jubilieren. Der Mann hatte sich einen schönen Ort zum Sterben und Frieden Finden ausgesucht. Seitdem war ich mehrere Male auf dem Berg oben, heuer zusammen mit einem 85-jährigen Mann und seiner Nichte, dann ein paar Male alleine, mit meiner Schwester und Familie und im Winter mit den Skiern.

Im Winter ist es eine sehr lange Tour. Da muss man von Vrin fast alles laufen. Einmal, wir waren in der gewohnten Formation unterwegs, war die Stimmung nicht so ausgelassen wie sonst. Auf dem Berg oben sagte ich: »Warum seid ihr alle so still?« Meine Kollegen schwiegen, so gab ich auch die Antwort: »Es ist der steile Hang, der Sorgen macht, oder?« Niemand widersprach. Wir nahmen bald wieder Abschied von der schönen Aussicht über etliche Bergketten und ins Tal hinunter, liefen zurück zum Skidepot und – ja, der Hang, der ist fast senkrecht und lang. Bei sicheren Verhältnissen ein Traum, doch wann weiss man das schon so genau? Ein Risiko ist immer da in den Bergen. Carlo machte den ersten Versuch. Es ging, keine Lawine löste sich, wir fuhren einer nach dem anderen hinab und freuten uns, als wir unten angekommen waren.

Mit T. war ich vor ein paar Jahren oft auf Skitour, er war da schon 70-jährig oder so. Kommst du morgen auf Zamuor? Ich hatte Zeit, sagte zu. Doch ich konnte nicht einschlafen. In Gedanken liess ich mir die Strecke durch den Kopf gehen. Besonders eine Stelle schien mir unheimlich. Oj, ist das sicher bei diesen Verhältnissen, mit den Verwehungen, die es dort sicher gibt? Am Morgen ging ich dann doch mit, Sep kam auch und einer, den wir nicht gut kannten. Wir liefen Diesrut hinauf und kamen oberhalb der Hütte von Zamuor an. T. und ich waren vorne, die anderen kamen mit Abstand hinterher. Wir blieben stehen und überlegten, ob wir bald mal Pause machen sollten. Als wir dann nach oben schauten, sahen wir, dass Verwehungen sich gelöst hatten. Riesige Schneebrocken kamen auf uns zu. Ich lief, so schnell ich mit den Fellen konnte, zurück, schaute mich immer wieder um und sah, wie T. stehen blieb und den langsam fallenden Brocken zusah. Ich dachte, oh nein, lief aber weiter, bekam einen Schneebrocken ans Bein, dachte, wenn ich unter so einen komme, ist es aus. Ich schaffte es, an den Rand zu gelangen und schon war die Lawine unten. T. war nicht zu sehen. Tausend Gedanken sprangen durch mein Gehirn, was sage ich bloss seiner Frau? Trotzdem blieb ich klar, sagte zu den Kollegen, die inzwischen auch angekommen waren, sie sollten ihre Barryvox abstellen, ich würde suchen.

Da erschien T., die Lawine hatte ihn am Rande umgerissen, aber er war unversehrt aus ihr herausgekommen, nur die Sonnenbrille hatte er verloren. Ach, welche Erleichterung! Wir tranken Tee und assen etwas bei der Hütte. Wir waren mit der Angst davon gekommen und die Sonnenbrille fand er wieder im Sommer. Für diesen Tag hatten wir genug und fuhren nach Hause. Wind war aufgekommen. Die Sorgen am Abend zuvor waren berechtigt gewesen.

Im Winter habe ich schon Milchkühe, Ziegen, Schafe oder Mutterkühe gefüttert. Wenn ein Bauer krank war, einen Unfall hatte oder in den Ferien war. Meistens in Vrin und einmal in Lumbrein, auf 2 000 Meter über Meer. Im Stall, zu dem ich zu Fuss hinauf lief, waren Mutterkühe. Er ist so eingerichtet, dass ich nur einmal am Tag füttern musste. Der Bauer hat ihn selber geplant und gebaut, auch die Hütte. Leider hatte ich noch in Cons Schafe zu versorgen und einzelne Fussreflexmassagen auf dem Programm. Deshalb konnte ich nicht oben wohnen. Ich genoss es aber, hinaufzulaufen. Mit dem Jeep hätte man bis fast hinauffahren können, aber mit meinem kleinen Justy ging das nicht. Ich laufe immer gerne, es sei denn, ich habe gerade Magen-Darm-Grippe. Einmal war das der Fall. Ich musste alle zwanzig Meter Pause machen und kotzen. Irgendwie kam ich oben an. Der Bauer hatte Red Bull, ich trank davon, es half.

Am ersten Tag kam der Bauer mit hoch, um zu zeigen, wie es ging. Dann sagte er: »Nun kannst du das Futter verteilen.« Als ich das machte, verschwanden alle Kühe und Kälber aus dem Stall. Das fing ja gut an. Doch nach dem zweiten Tag waren sie schon an mich gewöhnt, und wir mochten einander. Abgesehen von einem Morgen, an dem mein Hund Mara und ich zum Stall hoch liefen. Mutterkühe mögen keine Hunde. Der weisse Stier kam mit einer Schar Kühe auf uns zu. Ich habe immer einen Stecken dabei, aber ihn nicht gebraucht. Mara und ich nahmen einfach einen anderen Weg. Eine Bäuerin, die auch da oben Schafe fütterte, fragte später: »Hast du denn keine Angst, die Kühe sind ja fast wild?« Ich: »Nein, wäre mir nicht in den Sinn gekommen.«

Bei einem anderen Bauern sind die Mutterkühe angebunden. Einmal am Tag müssen sie freigelassen werden. Das gibt sehr viel mehr Arbeit. Auch dieser Bauer war zufrieden mit mir.

Milchkühe sind wieder anders. Sie müssen gemolken werden, und wenn sie Kälber gebären, muss man sie ihnen wegnehmen. Einmal war ich gerade da, als eine kalben sollte. Ich war schon ganz nervös. Nach dem Füttern fuhr ich nach Hause, ass etwas Znacht und fuhr wieder zurück zum Stall. Ich machte es mir auf Strohballen bequem und beobachtete die Kuh. Um Mitternacht war immer noch nichts im Gange, so fuhr ich heim, mir wurde langsam kalt im Stall. Am Morgen war das Kalb immer noch nicht da, ich fütterte die Kuh, und plötzlich kam das Kalb. Es war wie ein Reh. Klein, zierlich wie die Mutter, eine Jersey, wunderschön. Am Abend lag die Kuh einfach da und frass nichts, gab fast keine Milch. Ich meldete das dem Bauern. Der Tierarzt kam, gab der Kuh eine Infusion, und gut war es, das Kalb war wohlauf. Bis es eines Tages wie tot da lag, als ich in den Stall kam. Oh nein, wieder Tierarzt. Langsam kam es auf die Beine, hinkte plötzlich, das Knie war geschwollen. Der Bauer, der das

Füttern dann wieder übernahm, meinte, das sei nicht so schlimm. Später verlor er das Kalb. Jeder Bauer hantiert ein wenig anders mit seinen Tieren. Wenn ich aushelfe, mache ich es so, wie der Bauer es wünscht.

Die Leute fragen mich oft, ob mir oben auf der Alp nicht langweilig sei. Nein, Langeweile kommt selten auf. Auch an den Nebeltagen, an denen ich mit den Schafen nicht viel machen kann, kann ich mich gut verweilen. Kleider waschen, putzen, holzen, lesen, malen, filzen, schreiben.

Am zweitletzten Abend vor der Alpabfahrt, ich hatte am Tag Schafe gesammelt, läutete in Vanescha das Telefon. Der Alpmeister, der kurz vor der Alpabfahrt kommt, um die Schafe auf der unteren Weide zu hüten, während ich die verstreuten Schafe einsammle, war auch da. Wir waren beim Nachtessen, ich lief zur Kabine. Gabriel sagte, er habe gesehen, dass noch ungefähr zwanzig meiner Schafe auf Patnaul, der Vriner Schafsalp, seien. Ich hatte dort am Tag ein paar Heidelberger Heizschnucken geholt. Wunderbar. Es war schon am Eindunkeln, mit dem

Feldstecher sah ich nichts. Nun musste ich sie also am nächsten Tag holen, denn am übernächsten ging es am Morgen früh los.

Am Morgen war dichter Nebel, na toll. Der Alpmeister fuhr mich nach Pardatsch. Auf dem Weg trafen wir meinen Freund, der am Vortag mit seiner Alp abgeschlossen hatte und nun auf der Jagd war. Ich strahlte, hatten wir uns doch so lange nicht gesehen. Die Begegnung war kurz. In Pardatsch ging es dann den steilen Weg hinauf. Ich hatte keine Regenkleider an, um besser laufen zu können. In kürzester Zeit war ich vom hohen Gras nass bis zum Po, und kalt war es auch. Nur nicht stehenbleiben. Dann hörte ich Glocken, lief zu ihnen, es waren die Ziegen vom Gabriel. Also weiter, Spuren suchen. Den ganzen Vormittag lief ich durch den unteren Teil von Patnaul, hin und her, ich dachte, solange ich diese Schafe nicht finde, gehe ich da nicht runter. Doch als die ganze Alp durchgelaufen war, musste ich doch passen und hinunter nach Pardatsch laufen. Gemsen sprangen ganz nahe neben mir an sichere Orte, ich hörte nur das Stampfen ihrer zierlichen Hufe, keine

Glocken, nichts. In Pardatsch unten war der Nebel weg, die Jäger kamen aus ihren warmen Hütten. Sie boten mir an, mich in einer ihrer Hütten zu trocknen. Ich lehnte dankend ab, ich wollte lieber weiter und mich frisch anziehen, denn ich musste ja noch in die andere Richtung, weitere Schafe hinuntertreiben.

In Vanescha ass ich einen Bissen, und weiter ging es. Da der Nebel nun verzogen war, fand ich sie bald, und alles lief gut. Nur die Schafe auf Patnaul fehlten mir. Würde ich am nächsten Tag ohne sie hinaus laufen müssen? Niemand hatte sie gesichtet, auch die Jäger nicht. Wenn fast 1000 Schafe zusammen sind, findet man 22 nicht gerade. Wir liefen bis Vella, dort wird ein Teil der Schafe sortiert. Der Bauer, dem die 22 gehörten, suchte sie nicht hinaus, sie sollten direkt auf die Nachweide unterhalb von Vella gehen.

Zurück in Vanescha durchsuchte ich am nächsten Tag mit Gabriel seine ganze Alp. Wir fanden nur einzelne Schafe, die wir mit ins Tal nahmen. Nun wusste ich auch nicht mehr, wo suchen.

Ich läutete den Hirt von der Fruntalp an, ob sie vielleicht auf der Valser Seite wären. Er sah auch nichts. Ich gab auf.

Nachdem die Schafe von der Nachweide wieder in den Pferch gekommen waren, fuhr ich nach Vella. Ein Jäger war dort, der von meiner Not wusste. Er kam auf mich zu und sagte, seine Frau sei wegen einem Lamm bei der Wahrsagerin gewesen. Sie habe auch nach meinen Schafen gefragt. Die Wahrsagerin habe Hühnerhaut bekommen und gesagt: »Mit den Schafen geht es gar nicht gut.« Ein Bauer hörte das und sagte mir: »Ach, das ist doch nicht wahr.« Aber mich murkste es. Ich ging in den Pferch. Solange der Bauer die Schafe nicht sortierte, konnte ich nicht zählen. Ich wartete also bis zum Schluss. Und siehe da: Die 22 waren bei den anderen, waren von alleine zurück zur Herde gekommen. Mir fiel ein Stein vom Herzen. Die Bäuerin schenkte mir eine Glocke.

Dezember. Es ist warm geworden, die Eiszapfen am Nachbarshaus sind fast geschmolzen. Bin gerade zurück vom Laden. Mein Mittagessen:

Müsli mit frischem Kuhrahm, so fein. Jetzt ist Treuia am Jammern, sie will hinaus. Ja, ich komme schon, nur noch eine Zigarette drehen und geniessen – und dann laufen wir ein Stück.

Oh, es hat Guezli für Treuia gegeben und ein selbstgebranntes Schnäpsli für mich. Ich habe Treuia beim Tierarzt für die Spritze danach angemeldet, damit sie keine Welpen kriegt. Es geht mir gegen den Strich, aber Inzucht muss nicht sein, und Welpen, wie kriege ich die weg? Die Spritze ist voller Chemie, hoffentlich schadet sie ihr nicht. In dieser einen halben Minute, in der die beiden meiner Aufsicht entflohen sind, ist es passiert. Ich hätte mich und die Hunde ohrfeigen können, aber das hätte auch nichts mehr genützt.

Noch fünf Minuten, und ich muss zurück ins Dorf, um den Laden zu öffnen.

Der Schnee schmilzt davon. Il zuffel, so nennen wir in Vrin den Föhn. Er macht ganze Arbeit. Mein Kopf rebelliert. Die Tiere fressen weniger, wenn es warm ist. Habe schlecht geschlafen.

Der Tag lief trotzdem gut, inzwischen hat auch das Kopfweh aufgehört. Der Himmel ist bedeckt, es taut immer noch. Bin eben zurück vom Laden, nun muss ich mich umziehen, und weiter geht es in den Stall. Mütze, geflickte Hosen und eine Bluse aus Amerika.

Heute sagte eine Kundin: »Ich mag einfach den Laden, wenn du da bist.« Danke, hat mich sehr gefreut. Ein anderer hat mir eine Ragusa geschenkt. Schöne Gesten, die einfach gut tun.

Nach den gelungenen Spaghettis für Mensch und Hunde ist mein Freund in seinem schönen Fuchsgewand zum Fuchsen gegangen. Ich laufe mit den Hunden. Unter dem Sternenhimmel ist es so schön zum Laufen. Der Liebesbote strahlt heller und grösser als die anderen. Mein Freund und seine beiden Kinder haben ihn in Diesrut am selben Abend erstmals wahrgenommen wie ich in Scharboda. Seitdem ist er unser Stern. Wir wissen immer noch nicht, wie er heisst, aber das ist nicht wichtig. Hauptsache, wir erkennen ihn.

Jetzt habe ich eine Teemischung gemacht: Brennnesseln, Birkenblätter, Spitzwegerich, Frauenmantel, Thymian, Hornklee, Johanniskraut und Malve. Schmeckt ausgezeichnet.

Er sagte, du wirst den Wolf sehen. Der Wolf erschien mir im Traum, so wie er es gesagt hatte, so klar. Am Morgen, als ich erwachte und der Traum mir wieder einfiel, wusste ich es, er war in die ewigen Jagdgründe gegangen.

Es regnet im Dezember. Il zuffel schüttelt manchmal die Fensterläden.

Alleinsein. Ich glaube, es ist eine Gabe, wenn man das kann.

Der Zuffel hat mit l'aura dado gewechselt. Es schneielet ein wenig. Wahrscheinlich schneit es in Zürich mehr als hier.

Einmal sassen Gabriel und ich vor der Hütte in Parvenseuls, ich erwähnte l'aura dado, und gleich kam sie um die Ecke der Hütte, sie hatte es gehört. Nur während einem Atemzug, dann war sie wieder weg.

Winde sind riesige Elemente. Manchmal sind sowohl l'aura dado als auch il zuffel am Werk. Dann donnert es. Das sind Küsse, kraftvolle Küsse. Wenn Nebelschwaden sich um die Berge schmiegen, werden sie hinauf und davon getragen, ein Schauspiel der Natur. Da braucht man keinen Fernseher.

Am ersten Abend in der oberen Hütte war die ganze Schafherde am Zaun, den ich neu errichtet habe. Sie hatte hier noch nie übernachtet und wollte weg. So blieb ich beim Zaun. Es regnete ein wenig, und verrückte Blitze zogen über uns hinweg. Sie schlugen nicht ein, doch die Atmosphäre war geladen. Unwirkliche Farben zogen über die Schafe hinweg, sie hatten Angst. Plötzlich merkte ich, dass meine Haare zu Berge standen, dachte, ach, das ist Einbildung, dann wieder, opla, doch nicht Einbildung. Auch mir wurde es mulmig zumute, und beim Einnachten lief ich in die schützende Hütte. Die Schafe lagen am Morgen genau da, wo ich sie zurück gelassen hatte. Alle hatten die Nacht gut überstanden.

Einmal fuhren Gabriel und ich mit dem Zug in die Pyrenäen. Wir mieteten ein Auto und fuhren über die Pässe. Es war ein herrlicher Oktober, alle Pässe frei, kein Schnee. So waren wir an einem Tag in Spanien, am nächsten in Frankreich. Zwischendrin machten wir Wanderungen. In einem Nationalpark liefen wir gemütlich eine Alp hinauf und kamen am Grat an. Welcher Ausblick! Wir sahen Gemsen, ganz andere als die bei uns, dann Bartgeier, die ihre Runden zogen. Und auf der anderen Seite des Grats präsentierte sich ein riesiges Gebiet mit Bergseen. Wir hatten zum Glück eine Karte dabei, die wir zufällig am Morgen gekauft hatten. Es war schon Nachmittag, trotzdem wollten wir die Seen aus der Nähe sehen. So liefen wir hinunter. Grosse Fische schwammen im klaren Wasser. Die Weite des Gebiets hatten wir total unterschätzt. Wir mussten auf einen anderen Grat hinauf, um von dort auf den Weg zurück zum Auto zu gelangen. Wir liefen zügig bergan. Als wir oben waren, war das Abendrot schon da, und wir wussten, dass es bald dunkel werden würde. Nun sprangen wir den Hang hinab, um zur Strasse zu kommen, eine Taschenlampe hatten wir nicht dabei. Ich hatte mir die Seen auf der Karte gemerkt und zählte jedes Mal, wenn wir einen hinter uns hatten. Die Wege waren mit aufeinandergestapelten Steinen markiert. Gabriel lief voraus. Dann aber war es soweit: Die Dunkelheit hatte uns eingeholt.

Gabriel stand still. Er sagte: »Ich weiss nicht mehr weiter.« In mir regte sich ein Impuls: »Lass mich voraus.« Ich lief, wie von einer inneren Stimme geführt, und siehe da: Wir waren auf der Strasse. Sie zog sich durch einen Wald. In den Gasthäusern hatten wir wilde Schweineschädel gesehen mit riesigen Zähnen. Hoffentlich lauerten die uns nicht auf. Als wir auf der Hauptstrasse angelangt waren, sahen wir, dass das Auto weiter oben parkiert war. Wir entschieden, dass ich zum Hotel laufe und er das Auto holt. Es war elf Uhr, als ich durch das kleine Dorf lief. Im Hotel versuchte ich es mit meinen wenigen Spanischkenntnissen, doch es gab trotzdem kein Nachtessen mehr um diese

Zeit. Gabriel kam dann auch an, er sagte, er habe auf dem Weg zum Auto geweint vor Anstrengung.

Nicht einmal ein Sandwich bekamen wir, so tranken wir im Gasthaus Coca Cola, eine nach der anderen, wenigstens war damit unser Zuckerhaushalt versorgt.

Auf dieser Reise kamen wir auch in Lourdes vorbei. Wir hatten oft davon gehört, also machten wir einen Halt. Der Besitzer des heruntergekommenen Hotels war so ein Schlimmer, dass ich fast Angst bekam. Trotzdem übernachteten wir dort, um am nächsten Tag zur Grotte zu gehen. Ich sagte zu Gabriel: Wenn sie wirklich etwas hat, werden wir das merken. Rundum waren Kitschläden, Madonnen in den kitschigsten Varianten. Doch dann kamen wir zur grossen Statue. Mir wurde irgendwie anders. Bei der Grotte liefen mir Tränen über das Gesicht. Es war etwas Grosses da. Jetzt sollte ich Worte finden für diese Empfindungen. War es eine spirituelle Erfahrung, eine kleine Erleuchtung? Oder war es die weibliche Kraft, die zu mir sprach?

Auf jeden Fall bin ich überzeugt, dass die Grotte in Lourdes ein Kraftort ist. Mitgebracht habe ich einen Strauss mit Trockenblumen, die ich überall gesammelt hatte. Er ist heute, nach etwa zwölf Jahren, immer noch schön.

Gabriel und ich haben acht Sommer lang zusammen die Ziegenalp gemacht. Wir sind durch dick und dünn wie Bruder und Schwester gegangen. Eine grosse Freundschaft ist unsere Verbindung, ein Reichtum.

So, und jetzt gönne ich mir eine halbe Stunde auf dem Sofa mit einem Buch. Und prompt schlafe ich ein, nicht wegen dem Buch. Jetzt geht es weiter im Stall. Hans war da. Er wollte schauen, ob ein Schaf vielleicht lämmert. Euter haben sie nicht.

Mit Janic und Prisca, den Kindern meines Freundes, lief ich an einem Frühlingstag zum Biotop, die Hunde begleiteten uns. Der Weg war mit Sträuchern verwachsen. Ich sagte, man sollte den Weg von davon befreien. Janic merkte sich das. Als wir an einem Abend am Tisch sassen, wollte Janic den Weg roden. Ich sagte: Es ist schon spät, und Prisca scheint nicht so begeistert zu sein. Doch da lag ich falsch. Sie sagte, sie habe mit Liana abgemacht, sie zu fragen, ob sie auch mitkäme. Nun, Liana kam auch mit, und so gingen wir alle mit Axt und Handsäge zum Weg. Ich versuchte noch Leo zu erreichen, doch er nahm das Natel nicht ab, wahrscheinlich würde er bald heimkommen und niemanden vorfinden. So nahm ich mein Natel mit, doch unten beim Weg gab's keinen Empfang. Janic war ganz in seinem Element, er schlug wie ein Wilder auf die Sträucher ein, ich nahm sie weg und die Mädchen fingen im Biotop Kaulquappen und hatten es lustig. Wir kamen gut voran, und bald war der Weg frei. Es dunkelte.

Nun mussten wir aber heim. Die Kinder waren so in der Natur und ihrem Spiel vertieft, dass es ein wenig Überredung brauchte, doch dann liefen wir alle zurück, und Leo kam uns entgegen. Wir hätten ja einen Zettel schreiben können. Stimmt, hatten wir ganz vergessen. Doch er war uns nicht böse. Sein Natel hatte im Keller geläutet, wo er es vergessen hatte.

Am ersten August werden Feuer gemacht und Raketen gezündet. Die drei Kinder meiner Schwester kommen auf die Alp. Wir sammeln vor allem dürre Alpenrosen in leere Salzsäcke, legen sie um die Feuerstelle, die an einem Aussichtspunkt liegt. Von dort sehen wir in das Lugnez hinaus. Auch Holz braucht es, denn die Alpenrosen brennen sehr schnell. Die Feuerstelle ist mit Steinen umrandet. Wenn es dunkelt, geht es los. Wir müssen von der Hütte ein Stück laufen. Unser Feuer ist weit sichtbar, und auch die Raketen vom Lugnez sehen wir gut. Auch Daniel, Paul und Selina kaufen manchmal Raketen. Doch das Feuer macht uns die grösste Freude. Einmal war überall Nebel, nur oben bei uns sorgte der Föhn für klare Sicht. Wenn wir dann müde werden, das Feuer abgebrannt, die Glut aber noch lange rot ist, dann bieslen wir und löschen so die Glut.

Meine Stifte sind bald alle leer.

Meine Nichte Salina und ich haben am gleichen Tag Geburtstag. Wir verstehen uns sehr gut. Sie war einmal fünf Tage alleine bei mir auf der Alp.

Tagsüber liefen wir durch die Weide und hatten es sehr lustig. Am Abend spielten wir und lasen ein wenig vor dem Einschlafen. In einer Nacht kam ein Gewitter, es donnerte, dass die Fenster klirrten, der Regen prasselte ohne Unterbruch auf das Blechdach. Wir waren beide wach, Selina lag neben mir im Bett, hielt mich fest. Mara hatte ebenfalls Angst und wollte ins Bett steigen. Nein, das geht nun wirklich nicht. Selina fragte: »Wann hört das denn endlich auf?« – »Bald.« Da es zwei Uhr morgens war, hatten wir schon Geburtstag. Ich sagte ihr: »Freust du dich denn nicht, dass der Heilige Petrus ein Feuerwerk für uns veranstaltet?« Sie fand es gar nicht lustig. Ich fügte hinzu: »Wir haben ja einen Blitzableiter, die Hauswurz.« Erst als das Gewitter vorüber war, beruhigte sie sich.

Am nächsten Tag sagte ich zu ihr: »Wenn du solche Angst vor Gewitter hast, wirst du kaum alleine auf eine Alp gehen.« – »Doch«, meinte sie, aber sie richte dann einen richtigen Blitzableiter ein, nicht nur eine Blume. Später kam mein Bruder zu uns, und sie lief mit ihm nach

Hause. Es war leer ohne sie, da oben wieder alleine.

Seit etwa einer Woche habe ich keinen Natelempfang, komisch. Sind wohl Nachrichten irgendwo auf dem Weg? Ich sollte eine verschicken, aber ich komme einfach nicht durch.

Schon als Kind war ich abenteuerfreudig. Arno war mein Nachbar, er war ein Jahr jünger. Wir unternahmen manchmal Wanderungen ganz alleine. Einmal, es hatte Schnee, liefen wir zu einem kleinen See unterhalb Vrin-dado. Wir gingen noch weiter und kamen zu einem kleinen Hof. Dort entschieden wir uns, die Wiesen hochzusteigen und auf der Hauptstrasse zurückzulaufen. Als ich nach Hause kam, war Aufruhr. Meine Mutter war in Sorge und hatte meinen Bruder losgeschickt, um uns zu suchen. Nun war er nicht daheim, und es wurde langsam dunkel. Endlich kam er an. Seine Finger waren durchfroren, und er war wütend auf seine kleine Schwester. Er hatte eine Route genommen, die steil und vereist war. Noch heute hat er schlechte Erinnerungen an diese Episode.

Sonntag. Bin gerade zurück vom Stall. Das Feuer brennt richtig, und das Haus wurde doch noch warm bis zum Abend. Die Arbeit im Laden fällt nun weg. Sie hat mir Spass gemacht.

Die Leute sind skeptisch. Pia schreibt ein Buch? Was wird sie wohl schreiben? Einmal hatte sie einen Leserbrief in der Zeitung. Der war gar nicht nett. Nun, ob es ein Buch gibt, steht noch in den Sternen. Auf jeden Fall habe ich Freude an den Seiten, die vollgekritzelt vor mir liegen. Nun muss ich sie noch kopieren und verschicken. Schreiben kann sehr wohltuend sein.

Jetzt riecht Treuia wie ein ausgewachsener Hund. Als Welpe riechen sie anders, so wie die Babys. Erstaunlich, Treuia geht gerne zum Tierarzt.

Und jetzt, wenn ich die Seiten abliefere? Könnte es sein, dass eine Leere entsteht? Nein, ich kann ja Tagebuch schreiben. Was passiert mit den Kopien? Der Zweifel, jetzt hat er mich doch noch eingeholt.

Nachwort

Begegnung in Vanescha

Mitte Oktober 2009 führte mich der Zufall nach Vanescha, in einen Weiler mit Kapelle auf 1780 Metern. Um diese Jahreszeit war hier niemand mehr unterwegs. Aus der absoluten Stille heraus rannten plötzlich zwei Hunde bellend auf mich zu. Oben am Hang stand eine Frau. Lächelnd und mit ruhigem Schritt kam sie in meine Richtung. Im Gespräch, das sich nun entspann, erfuhr ich, dass sie den Sommer über auf der weiter oben gelegenen Alp Schafe gehütet hatte, dass sie seit fast einem halbem Jahr zum grössten Teil in der Gesellschaft nur von Tieren war und die letzten Tage in der Abgeschiedenheit von Vanescha verbrachte. Spätestens mit dem ersten Schnee würde sie in ihr Haus nach Vrin zurückkehren. Vereinsamt wirkte sie nicht. Im Gegenteil: Sie strahlte eine beseelte Heiterkeit aus.

Pia lud mich zum Kaffee ein. Das eher düstere Interieur der rund 300 Jahre alten Hütte wirkte wie aus einer anderen Welt: Ein Bett, ein Tisch, drei Stühle. Einzig ein paar Bücher, die über der Türe zwischen dem Wohnraum und der Küche standen, liessen einen Hinweis auf das erste Jahrzehnt des 21. Jahrhunderts erkennen. Sogar die Zigaretten, die sie selber drehte und deren Rauch den niedrigen Raum erfüllten, fügten sich in das für die Städterin faszinierende Bild.

Ich wollte es wieder sehen, festhalten. Und Pia war offen für meinen Vorschlag, eine Reportage über sie zu schreiben.

Im Sommer darauf besuchte ich sie zusammen mit einem Fotografen auf der Alp Scharboda. Mehrere Tage nachdem der Artikel in der Neuen Zürcher Zeitung erschienen war, gelangte er auch zu Pia auf die Alp. Unser langes Gespräch vor der Hütte, bei dem wir in verschiedenen Zusammenhängen immer wieder auf den Drang nach Freiheit und das Bedürfnis nach Zugehörigkeit zu sprechen gekommen waren, war mir im Kopf geblieben: Trotz unserer so verschiedenen Lebensweisen berührten sich die Horizonte unserer Erfahrungen.

An einem Sonntag im Herbst fuhr ich nach Vrin. Ich hatte mich angemeldet. Pia sass kurz vor Vanescha auf dem SMS-Hügel und winkte mir zu. In der Hütte duftete es nach Capuns, der lokalen Spezialität, die sie mit Dinkelmehlteig, Mangold und Hirschwurst zubereitet hatte. Als wir mit Essen fertig waren und die Hunde zu meinem Erstaunen den Rest der vorzüglichen Mahlzeit bekommen hatten, setzten wir uns vor einen Stall an die Sonne. Nun erst erzählte ich vom Verleger Rainer Weiss, dem auf den NZZ-Artikel hin ein von Pia verfasstes Buch vorschwebte. Wir waren beide aufgeregt, und Pia meinte: »Weisst du, vor ein paar Tagen habe ich meinem Freund gesagt: Ich möchte ein Buch schreiben.«

Kurze Zeit später holte ich sie in Zürich am Bahnhof ab. Im Strom der Menschen fiel sie nicht auf, aber mir schien sie wie von einem anderen Stern. Beim anschliessenden Treffen mit Rainer Weiss fungierte ich als Vermittlerin, deren Welt ziemlich genau zwischen den beiden anderen liegt. Pia hörte dem eloquenten Verleger zu und stellte ein paar Fragen. Als wir uns von ihm verabschiedeten, hatte sie sich bereit erklärt, in den nächsten Wochen eine Reihe von Erlebnissen und Gedanken niederzuschreiben. Sie würde mir den von Hand geschriebenen Text per Post senden, und nachdem ich ihn gelesen hätte, würde ich ihn nach Frankfurt schicken.

Am selben Abend fuhr sie wieder zurück. In den Wochen darauf telefonierten wir regelmässig. Pia erzählte, wie es mit dem Schreiben lief. Ich war gespannt. Später, als ich die rund 100 Seiten erhielt und las, freute ich mich sehr. Und ich muss gestehen, ich war überrascht, wie nah sie mir darin kommt, ohne allzu Privates preiszugeben, wie sehr sie ihren Stoff immer wieder auf den Punkt bringt.

Die Verbundenheit, die ich Pia gegenüber vom ersten Moment an empfunden habe, mag verschiedene Gründe haben. Sagen kann ich das: Ihr begegnet zu sein, ist ein Geschenk.

Daniela Kuhn
Zürich, im September 2011

Kleines Glossar

Aebi – eine Traktormarke
als auch schon – als sonst
ausgesetzt – exponiert
Barryvox – Suchgerät für Lawinenverschüttete
duraschaffa – durcharbeiten
Gitzis – junge Ziegen
Grittibänz – Brotmann mit Augen und Knöpfen aus Rosinen
Guezli – Kekse
hässig – sauer, quengelig
kardiert – gekämmt
Krücken – Hörner
Natel – Mobiltelefon
Ragusa – ein Schokoriegel
Rega – Schweizerische Rettungsflugwacht
Samiklaus – St. Nikolaus
Schmutzli – Begleiter des St. Nikolaus
Strahler – Kristall- und Mineraliensucher
tabliert – getäfert, mit Holz ausgekleidet
Znacht – Abendessen

Pia Solèr
Die Weite fühlen.
Aufzeichnungen einer Hirtin

Mitarbeit
Daniela Kuhn

Konzept Design
Gottschalk+Ash Int'l

Umschlaggestaltung
Julia Borgwardt, borgwardt design
© Foto Andreas Bodmer

Foto Pia Solèr
© Andreas Bodmer

Druck und Bindung
CPI – Clausen & Bosse, Leck

Printed in Germany
Dritte Auflage der Sonderausgabe 2015
ISBN 978-3-86337-035-0

weissbooks.com

Dieses Buch wurde auf FSC®-zertifiziertem Papier gedruckt. FSC® (Forest Stewardship Council®) ist eine nichtstaatliche, gemeinnützige Organisation, die sich für eine ökologische und sozialverantwortliche Nutzung der Wälder unserer Erde einsetzt.

MIX
Papier aus verantwortungsvollen Quellen
FSC® C083411